當古典遇到經典

文言格林童話選

賴慈芸—編注
格林兄弟—原著
商務印書館—原譯

目次

導讀

青蛙王子、白雪公主、灰姑娘、睡美人。這些格林童話故事，改寫本無數，舉世皆知。但您有看過文言版本的譯本嗎？

〈青蛙王子〉裡，公主拿到金球反悔不認人，青蛙就在宮殿門口唱道：「卿卿試開門，開門納情郎。莫忘當日語，寒泉碧樹旁。」〈白雪公主〉裡的魔鏡也會吟詩。白雪公主小時候，王后問魔鏡：「數去名閨秀，阿誰貌最妍？明鏡儻相告。」鏡答曰：「后魁百花先。」但公主長到七歲時，明鏡就改口了：「縱說夫人容絕代，雪霙風貌更如仙。」〈灰姑娘〉裡的姊姊硬是削足適履、冒充妹妹時，鴿子也吟詩告訴王子，他認錯人了：「歸去視金履，履小何不倫。使君自有婦，莫恤馬前人。」〈睡美人〉形容全宮皆睡的情景也對仗工整：「已而王與后回宮，滿朝都睡。馬睡於廄，犬睡於庭，雀睡於棟，蠅睡於壁。春竈火不熇，朝釜肉不糜。」

這些有趣的文言版本，都出自一本叫做《時諧》的書，一共有五十六則故事，大部分是格林童話，也有少數幾篇格林兄弟未收錄的德國民間故事，例如〈彼得牧人〉（〈李伯大夢〉就是根據這個故事改寫的）。《時諧》從一九〇九年開始在商務印書館的《東方雜誌》上連載，每期兩三篇不等，共五十六篇，後來一九一五年出版單行本，已經是民初了。《時諧》書名係模仿《齊諧》而來：齊諧是指上古齊國的志怪小說，而時諧就是當代的志怪述異。雖然格林童話嚴格來說也不算當代，而是十九世紀初的作品；但對當時

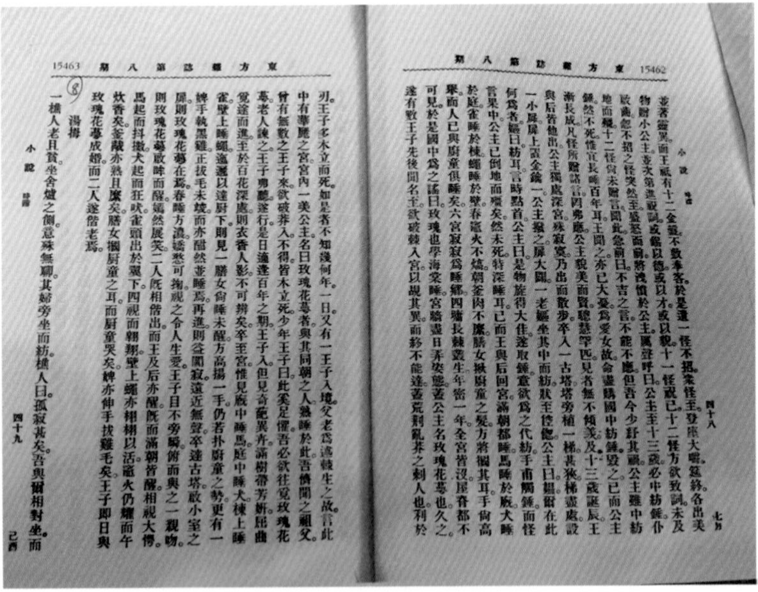
15462　東方雜誌第八期

小說　時諧　四十八

並著靈異。而王祇有十二金盤。不數奉客。於是遺一怪不招。衆怪至。登座大嚼。筵終。各出美物貽小公主。並次第進祝詞。或錫以德。或以才。或以貌。十一怪祝已。十二怪方欲致詞。未及啟齒。忽不招之怪突然至。盛怒而嗔。將洩憤於公主。厲聲呼曰。公主至十三歲。必中紡錘。仆地而殞。十二怪尙未贈言。聞此急前曰。不吉之言。不能不應。但吾今少紓其禍。公主雖中紡錘。然不死。惟宜長睡百年耳。王聞之。亦已大憂。爲愛女故。命盡燬國中紡錘。毀之已而公主漸長成。凡怪所贈諸言。罔弗應。公主貌美而賢。聰慧罕匹。見者無不傾羨。及十三歲誕辰。王與后皆他出。公主獨處深宮。殊寂寞。乃出而散步。卒入一古塔。塔旁植一梯。其狹梯盡處。設一小扉。扉上置金鑰一。公主撥之。扉大闢。一老嫗坐其中而紡。狀至愷悌。公主曰。媼留在此何爲者。媼曰。紡耳。言時點首。公主曰。是物旋得大佳。遂取錘。意欲爲之代紡。手甫觸錘。而怪言果中。公主已倒地而寢矣。然未死。特深睡耳。已而王與后回宮。滿朝都睡。馬睡於廄。犬睡於庭。雀睡於棟。蠅睡於壁。春竈火不燄。朝釜肉不膔。膳女揪廚童之髮。方將摑其耳。手尙高舉。而人已與廚童俱睡矣。六宮寂寂。爲睡鄉。四牆長棘叢生。年密一年。全宮皆沒。屋脊都不可見。於是國中爲之謠曰。玫瑰也。學海棠睡。宮牆盡日弄姿態。蓋公主名玫瑰花萼也。久之。遂有數王子先後聞名至。欲破棘入宮。以覘其異。而終不能達。蓋荒荊亂莽之刺人也利於

15463　東方雜誌第八期

刃。王子多木立而死。如是者不知幾何年。一日。又有一王子入境。父老爲述棘生之故。言此中有華麗之宮。宮內一美公主。名曰玫瑰花萼者。與其同朝之人。熟睡於此。吾儕聞之祖父。曾有無數之王子來。欲破莽入。不得。皆木立死。少年王子曰。此奚足懼。吾必欲往覓玫瑰花萼。老人諫之。王子弗聽。遂行。是日適逢百年之期。王子入。但見奇葩異卉。滿樹帶芳。妍屈曲覓途而進。至於百花深處。則衣香人影。不可辨矣。卒至宮。惟見廄中睡馬。庭中睡犬。棟上睡雀。壁上睡蠅。迤邐以達廚下。則見一膳女。尙睡未醒。方高揚一手。仍若扑廚童之勢。更有一婢手執黑雞。正拔毛未竟。而亦酣然並睡焉。再進。則益闃寂。遠近無聲。卒達古塔。啟小室之扉。則玫瑰花萼在焉。春睡方濃。嬌憨可掬。視之令人生愛。王子目不旁矚。俯而與之一親吻。則玫瑰花萼啟眸而醒。嫣然展笑。二人既相偕出。而王及后亦醒。既而滿朝皆醒。相視大愕。馬起而抖擻。犬起而狂吠。雀頭出於翼下。四視而翱翔。壁上蠅亦栩栩以活。竈火仍耀而午炊香矣。釜藏亦熱且膔矣。膳女摑廚童之耳。而廚童哭矣。婢亦伸手拔雞毛矣。王子即日與玫瑰花萼成婚。而二人遂偕老焉。

(8)

湯姆

一樵人老且貧。坐舍爐之側。意殊無聊。其婦旁坐而紡。樵人曰。孤寂甚矣。吾與爾相對坐。而

小說　時諧　四十九

《東方雜誌》第八期刊載的〈玫瑰花萼〉（即〈睡美人〉）和〈湯拇〉（即〈大拇指湯姆〉）。不分段，沒有現代標點，只有不占格的圈號。分類屬於「小說」。

的中國和譯者來說，都還是頗為新奇的故事，因此他們認為是當代作品也不足深怪。《東方雜誌》和單行本都沒有載明譯者是誰，目前唯一的間接證據來自於一九〇六年鄭貫公的《時諧新集》，自序中提到：「僕幾度東遊，半生西學……既編日報，復輯時諧」，因此目前研究者都只能假設譯者就是鄭貫公（一八八〇—一九〇六）。但鄭貫公一九〇六年已過世，這批故事為何遲至一九〇九年才開始連載，仍不得而知。

單行本上下兩卷，收在「說部叢書」，標明「短篇小說」。

鄭貫公，廣東香山人，原名鄭道，字貫一。幼時上過私塾，十六歲隨親戚赴日，在太古洋行工作，因此能通英、日語。後來在日本結識梁啟超等人，入橫濱大同學校就讀，正式受英文教育。一九〇〇年在梁啟超辦的《清議報》當編輯，又創《開智錄》半月刊；一九〇一年加入興中會，並赴香港辦報，前後參與《中國日報》、《世界公益報》、《廣東日報》、《有所謂報》等報刊，以香港報人聞於世，可惜一九〇六年染時疫過世，年僅二十六歲。若《時諧》的譯者就是鄭貫公，看不出他曾有學習德文的經驗，因此可能是由日文或英文譯本轉譯。但在一九〇九年之前，日文譯本僅有桐南居士的《西洋古事神仙叢話》（一八八七）收錄十篇格林故事，其餘都只有零星數篇，並無五十幾則故事的譯本，因此不可能由日文轉譯。

筆者比對數種英譯本，發現《時諧》其實譯自泰勒（Edgar Taylor）英譯的《德國流行故事》（*German Popular Stories*）。泰勒在一八二三年出版第一冊，收三十一則故事；一八二六年又出版第二冊，收二十五則故事，共收五十六篇；《時諧》所收五十六篇故事完全同於泰勒版本，順序也無一更動。因此一些學者批評《時諧》譯者「任意割裂」、「相當自由、隨心所欲的翻譯風格」、「竄改原著」等語，是與德文原著比較的結果；若與泰勒的英譯本對照，倒是相當忠實的譯本。《時諧》也收了幾篇非格林兄弟蒐集的故事，也是因為泰勒版本有收錄的關係，別忘了泰勒的書名本來就是《德國流行故事》，並不是《格林童話》。

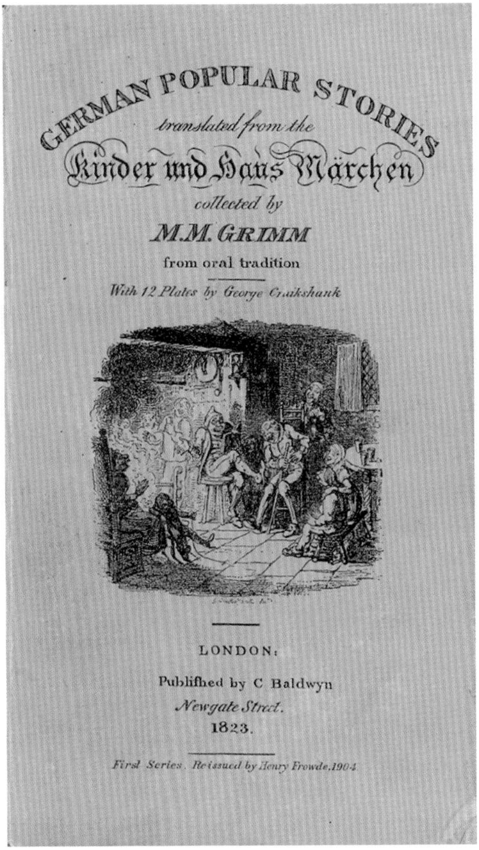

GERMAN POPULAR STORIES
translated from the
Kinder und Haus Märchen
collected by
M.M. GRIMM
from oral tradition

With 12 Plates by George Cruikshank

LONDON:
Publiſhed by C Baldwyn
Newgate Street.
1823.

First Series. Reissued by Henry Frowde, 1904.

泰勒的《德國流行故事》初版。

泰勒（一七九三－一八三二）是位英國律師，也是格林童話的第一個英譯者。他與格林兄弟（雅各生於一七八五年，威廉生於一七八六年）年代相近，也通過信。格林兄弟在一八一二年出版《家庭與兒童故事》第一版之後，不斷修改增刪，最後定本是一八五七年的第七版。由於泰勒的英譯本早於一八三七年的第三版，因此他所根據的必然是最早的兩種版本，反映出格林童話較早期的面貌。泰勒歷來受到不少學者批評，主要是因為他淡化了暴力色彩、任意合併故事、把人名英國化等等，並不是一位忠實的譯者。但他的《德國流行故事》極為暢銷，據說比德國原版在德國的銷路更好，格林兄弟因而還模仿泰勒出版選集。泰勒對於這些童話故事在英國流傳貢獻頗大：十九世紀末、二十世紀初，多位著名的英國插畫大師為格林童話繪出一幅幅精緻華麗的插圖，當然也受到泰勒的影響。二〇一二年格林童話兩百週年時，還有出版商重出泰勒譯本。

如果《時諧》譯者就是鄭貫公無誤，既然此書在英國流傳甚廣，鄭又在洋行工作，說不定原書是洋行的同事送給他的禮物，或是他在日本或香港書肆所購？看來都不無可能。原書的英文不難，鄭貫公的私塾底子深厚，又是著名的報紙寫手，能譯出清麗動人的文言小品也不意外。以風格而論，格林兄弟本希望反映德國民間傳說的質樸色彩，泰勒的英譯本也是根據最早的格林童話版本，《時諧》的文言文也恰好能符合簡潔、質樸的民間傳說風味，至少比迪士尼版本忠於十九世紀的格林原貌。

不過《時諧》有點時運不濟。譯者在清末譯述，自然用的是文言。但沒過幾年，就發生五四白話文運動了，後來的評者多半批評這個譯本太艱深，不適合給小孩看。這真的有點冤枉：第一，格林兄弟的初衷是蒐集德國民間故事，本來並不是為兒童而寫的。中國傳統上也沒有專為兒童撰寫的兒童文學，清末才有「童話」一詞，而且是來自日本的漢字詞。《時諧》所連載的《東方雜誌》，內容多是政論和國際新聞，本來也不是兒童讀物。所以《時諧》也只是為了「述異」，讓讀者看看西洋志怪，開開眼界。

第二，清末用的本來就是文言。以後來的白話文標準批評前朝，也沒什麼道理。今天國中課本也還有收錄沈復的〈兒時記趣〉和劉鶚的〈明湖居聽書〉。與這兩篇清朝散文相比，《時諧》一點也不遜色，而且題材大家更為熟悉。

本書從《時諧》選錄了十六篇故事，加上現代的標點符號，重新分段，比較冷僻的詞語也加上注解，以便利現代讀者閱讀。以下是十六篇故事的篇名和今譯對照表，並附上泰勒英文篇名和格林童話一八五七年版的編號，方便有興趣進一步研究的讀者檢索。

編號	篇名	今譯	泰勒譯本篇名	格林童話編號
1	蛙	青蛙王子	The Frog-Prince	1
2	漁家夫婦	漁人和他的妻子	The Fisherman and His Wife	19
3	阿育伯德路	灰姑娘	Ashputtel	21
4	七鴉	七隻烏鴉	The Seven Ravens	25
5	伶部	不來梅的樂隊	The Traveling Musicians	27
6	履工	鞋匠與小精靈	The Elves and the Shoemaker	39
7	玫瑰花蕚	玫瑰公主（睡美人）	Rose-Bud	50
8	醜髯大王	大鬍子國王	King Grisly-Beard	52
9	雪䨮	白雪公主	Snow-Drop	53

以下是這十六個故事的簡介：

❶〈**蛙**〉：一個公主騙青蛙幫她撿了掉落池中的金球，卻不履行同桌共食和同床共寢的約定。後來國王命她守約，三日後青蛙變成王子。

❷〈**漁家夫婦**〉：一個漁人捕獲有魔力的魚而放生，漁人妻子命他去索取報償，先是要小屋，然後要城堡，又要當國王，還要當教皇。一一實現之後，漁人的妻子想要當上帝掌管日月，終於惹怒魔魚，一無所有。

❸〈**阿育伯德路**〉：一個少女被繼母和繼姐欺負，求助於後院中的一棵樹，鴿子連續三晚幫她準備禮服去參加王子的舞會，第三晚她的金鞋掉落在階梯上，王子以鞋找人，最後娶了少女。

❹〈**七鴉**〉：一個父親為了幼女詛咒七個兒子，七個兒子變成烏鴉，妹妹長大後去找哥哥，最後解除魔咒一家團圓。

❺〈**伶部**〉：被主人遺棄的老驢、貓、狗、雞相約要去鎮上當音樂家謀生。路上遇到強盜，四隻動物裝神弄鬼把強盜趕走，占了房舍安居樂業。

❻〈**履工**〉：一個窮困的鞋匠發現剪好的皮料會自動變成鞋子。聖誕節前夕，夫婦倆偷看，發現是兩隻沒穿衣服的小精靈幫他縫鞋子。他們做了衣服送給小精靈，小精靈就消失了。

❼〈**玫瑰花萼**〉：國王為了愛女出生大宴賓客，卻漏了一位女巫未邀。她詛咒公主十五歲時會刺到紡錘而死，另一位女巫把咒語改為沉睡百年。

❽〈**醜髯大王**〉：驕縱的公主嘲笑求婚者，國王憤而將公主下嫁給乞丐。公主吃了很多苦之後，才發現乞丐原來是當年被嘲笑的求婚者所假扮，其實也是一個國王。

❾〈**雪囊**〉：美貌的公主被繼母嫉妒，逃到森林中與七位侏儒共住，繼母追殺三次，終於引誘公主吃下毒蘋果而僵死。侏儒把公主放在玻璃棺中，被王子看見，求得玻璃棺，搬動棺材的震動使公主醒來。

❿〈**金鵝**〉：三兄弟中最善良的小弟，在森林中請老人吃東西，獲賜金鵝一隻。他抱著金鵝入住旅社，旅社的三個女兒想拔金鵝的羽毛，卻被黏住，後來一路黏了七個人。一個從來都不笑的公主見狀而笑，小弟因而娶了公主。

⓫〈**金髮公主**〉：喪妻的國王想娶自己的女兒為妻，公主要求國王贈與三件華服和一

件以千種獸皮製成的皮裘，得手後易容逃跑，最後成功結識鄰國王子而嫁。

⓬〈**葛樂達魯攫食二雞**〉：主人吩咐女傭烤了兩隻雞待客，但客人遲到。主人出門去找，女傭忍不住把兩隻雞陸續吃完後，跟先進門的客人說主人有意殺他，客人奪門而出後，女傭則趁機指控客人把兩隻雞都搶走了。

⓭〈**獅王**〉：商人因幼女喜愛玫瑰花，誤折獅王園中之花，被迫把女兒嫁給獅王。獅王日為獅夜為人，夫婦恩愛，但獅王不慎在日間照到陽光而化為鴿子，妻子辛苦追尋七年，最後成功團圓。

⓮〈**鵝女**〉：公主帶陪嫁侍女嫁至遠方，途中侍女威脅公主互換身分，假公主嫁給王子，命真公主去養鵝。後來國王發現真相，處死假公主，王子再娶真公主。

⓯〈**十二舞姬**〉：國王的十二個女兒，每天早晨鞋子都是破的。國王懸賞破此謎團，一退伍軍人從女巫處得到一件隱身衣，因而跟蹤眾公主到地下城堡，成功破解祕密，得娶最年長的大公主並一起治理國家。

⓰〈**彼得牧人**〉：一個叫做彼得的牧羊人，某日追蹤一隻羊到深山，遇見一群玩九柱戲（保齡球）的老人家，邀他一起玩。他下山後，發現已經過了二十年。

從十九世紀格林童話面世以來，有眾多插畫家為其繪製過精美絕倫，風格各異的插畫，二十世紀早期更是名家輩出。本書共採用了十位插畫家的作品，時間從十九世紀中期到二十世紀三〇年代。以下為各插畫家簡介（按出生年順序）：

＊愛德華・威納（Edward Wehnert, 1813-1868）

出生在英國的畫家，父母為德國移民，他自己也在德國的哥廷根大學求學。畫風偏向怪誕、厚重、黑暗，有明顯的德國風格。本書中的〈伶部〉為其作品。

＊亞歷山大・齊科（Alexander Zick, 1845-1907）

德國畫家及插畫家。出身繪畫世家，曾在巴黎習畫。風格古典，為德國紙鈔設計者之一。本書中最經典的公主系列：〈阿育伯德路〉、〈玫瑰花萼〉、〈雪虁〉都有採用他的插畫。

＊華特・克蘭恩（Walter Crane, 1845-1915）

英國插畫家，父親為人像畫家，其姊（Lucy Crane, 1842-1882）為翻譯家，兩人曾於一八八一年合作格林童話，由姊姊從德文翻譯故事，弟弟作畫。風格受到日本浮世繪影響，有濃重的裝飾風格，是英國相當重要的童書插畫家。本書的〈蛙〉、〈履工〉和〈葛樂達魯攫食二雞〉為其作品。

＊維克多・瓦斯涅佐夫（**Viktor Mikhaylovich Vasnetsov, 1848-1926**）

俄國插畫家，祖父為聖像繪師。在聖彼得堡及法國習畫，擅長繪畫歷史人物及神話。本書的〈玫瑰花萼〉收錄其作品一幅。

＊奧斯卡・赫夫特（**Oskar Herrfurth, 1862-1934**）

德國插畫家，以設計明信片聞名。本書中的〈七鴉〉四張插畫即為明信片。

＊法蘭茲・朱特納（**Franz Juttner, 1865-1926**）

德國插畫家，也替雜誌繪製政治諷刺漫畫。本書中的〈雪霙〉採用了一張他的畫作。

＊亞瑟・拉克姆（**Arthur Rackham, 1867-1939**）

英國插畫家，從一八九三年開始發表插畫，為英國插畫黃金時期的主要畫家之一，畫風細膩瑰麗。他從一九〇〇年開始為格林童話繪製插圖。本書的〈蛙〉、〈醜髯大王〉、〈雪霙〉、〈彼得牧人〉都可見他的作品。他與法國插畫家杜拉克（Edmound Dulac, 1882-1952）、丹麥插畫家尼爾森三人並稱二十世紀早期繪本三巨頭。

＊凱・尼爾森（Kay Rasmus Neilsen, 1886-1957）

丹麥插畫家，生於哥本哈根，在巴黎習畫。最有名的作品是北歐童話《日之東，月之西》。兩次大戰期間曾為美國的迪士尼公司工作。本書封面〈玫瑰花萼〉即出於尼爾森之手。本書的〈漁家夫婦〉、〈玫瑰花萼〉、〈雪霙〉、〈金髮公主〉、〈鵝女〉皆有他的作品。

＊哈利・克拉克（Harry Clarke, 1889-1931）

愛爾蘭插畫家。他的父親以教堂裝飾為業，他也以設計彩色玻璃聞名，有新藝術（Art Nouveau）的風格。本書中的〈玫瑰花萼〉有他的作品。

＊喬伊絲・梅瑟（Joyce Mercer, 1896-1965）

英國插畫家，亦為英國插畫黃金時期的重要畫家之一。風格偏向裝飾派藝術（Art Deco），構圖比例工整。本書中的〈漁家夫婦〉、〈金鵝〉、〈獅王〉、〈鵝女〉及〈十二舞姬〉都有她的作品。

蛙

這篇〈蛙〉即耳熟能詳的〈青蛙王子〉，格林童話編號1，原文為Der Froschkönig oder der eiserne Heinrich。本篇對話很多，相當生動。公主的驕縱任性，呼之欲出。青蛙唱的歌「卿卿試開門，開門納情郎。莫忘當日語，寒泉碧樹旁。」對照泰勒的英文譯本，原來「寒泉碧樹」皆有所本，相當有趣：

Open the door, my princess dear,
Open the door to thy true love here!
And mind the words that thou and I said.
By the fountain cool in the greenwood shade.

夕陽將下，暮景蒼茫。一幼稚[1]之公主，閒步入林，坐涼泉之側。手中執一金球，投空而上，復張手承之下，以是為娛。此金球固公主所心愛者。已而投球愈高，公主承之，偶不慎，球忽墮地，輾轉而入於池。公主奔視，則池水深深，渺不見底，不知球沉何許矣。

公主喪球，大戚曰：「嗟乎！設有人出我金球者，吾願捐其美服奇寶，及一切浮世之所有而與之。」

公主語未畢，忽有一蛙伸首出水，問曰：「公主，爾何為悲泣？」

公主曰：「咄！爾賤蛙，爾焉能為我謀者。吾金球墮於池矣！」

1 幼稚：年幼的。

忽有一蛙伸首出水，問曰：「公主，爾何為悲泣？」（華特・克蘭恩 繪製）

蛙曰：「吾能出之。但吾不欲得寶物，而欲得公主之愛情。公主苟許我食同盤，寢同榻者，則吾必出球以還爾。」

公主私念曰：「賤蛙言何荒悖。顧彼居水底，實能為我覓球。吾不如佯允所請，以求珠還。」遂語蛙曰：「諾。子能負球出，則當惟命。」

蛙聞言，即俯首入水。少頃，果負球而出，委[2]諸地上。幼公主見球則大喜，奔拾之。遂不復以蛙為念，返身而走。

蛙在後呼曰：「止止！公主！爾既見許，當挈[3]我偕行。」

2委：拋。 3挈（ㄑㄧㄝˋ）：帶。

蛙聞言，即俯首入水。少頃，果負球而出。（亞瑟・拉克姆 繪製）

公主置若罔聞，逕疾奔返。翌晨[4]，公主方坐而御餐，忽聞墀[5]下疊發奇響。俄而漸近，則有一人輕叩殿門而歌曰：「卿卿試開門，開門納情郎。莫忘當日語，寒泉碧樹旁。」

公主啟扉，則見一蛙立門外。不覺大驚，急闔門，倉皇歸內室。王見公主驚懼失措，訝問何故。

公主曰：「有一穢賤之蛙，立於門外。昨彼為我拾球於池中，我許彼與我同處。以為彼固不能出池也。不謂彼今在戶，且將入矣。」

言未竟，蛙又叩門而歌曰：「卿卿試開門，開門納情

4 翌晨：此處誤譯。英譯本為「The next day」，公主吃的是晚餐，吃完就去睡覺了，因此應為「翌日」。

5 墀（ㄔˊ）：臺階。

郎。莫忘當日語，寒泉碧樹旁。」

王語公主曰：「爾既有諾，不可不踐。不如納之。」

公主乃啟門。蛙一躍入，徑至案下，謂公主曰：「請寘[6]我於案上，傍爾而坐。」公主從之。

蛙曰：「移盤少近，使我可食。」公主又從之。

蛙縱噉既飽，則曰：「吾憊矣，挈吾登樓。而寘於若[7]之小牀。」

公主乃手握之，置諸繡榻之上。蛙酣睡竟夜。天明，躍而起，下樓出門去。

公主喜曰：「彼去矣，從此當不我擾矣。」

詎[8]天將夕，又聞叩戶之聲。門闢，則蛙又入，仍

6寘（ㄓˋ）：即置。 7若：你、汝。 8詎（ㄐㄩˋ）：哪知。

臥於公主之枕旁，天明又去。第三夕亦然。翌晨，公主寤[9]，張目四顧，則大愕。蓋蛙已不見，惟見一翩翩佳公子。美目流眄，風神絕世，亭亭立公主之牀頭。謂公主曰：

「我，王子也。為惡怪所迷，身化為蛙，必待有公主出之於池，而並臥於其牀者三夕，而後魔乃解。今得卿，幸已解此毒魔矣。吾今無所求，惟願與爾攜手歸國，共締婚姻。我二人當一生相憐愛也。」

公主大悅，遂許之。二人方切切私語，忽聞門外喧聲，則迎迓王子者已至。華輿一，良馬八，衛士簇擁而前，一老僕從其後，見主人之厄運已終，喜溢眉宇。王子遂攜公主返國，即日行結婚禮。夫妻偕老，富貴無量。

9寤（ㄨˋ）：睡醒。

漁家夫婦

這篇故事描寫一個漁夫貪心的老婆，要了房子，又要城堡；當了國王，又想當皇帝；當了教皇，還想當上帝，最後落得什麼都沒有的下場。

這篇故事對仗工整，層層遞進。隨著老婆越要越多，海上景象也越來越險惡：一開始「清波滄蕩」的海洋，先變成「作黃碧色」、「作蒼黯色」，再變成「波濤浩瀚，海水作黝黑之色」、「水愈深黑而渾濁，旋風盤舞其上」，繼而「狂飆怒吼，奔濤若山」，到最後「大風潮作，電掣雷奔。天地晝晦，黑浪騰空若山岳，祇濤頭白如練」，完全反映巨魚越來越生氣的心情。漁夫也知道情況不妙，但從開始就「不敢逆婦意」，「不敢不往」，到最後「震墜牀下」、「踉嗆而出」，看來十分畏妻。

他們所住的地方，從「有廳有樹，有寢室，有廚舍。後更有小園一，花果錯峙，雞雛成羣」的農舍；到「崇樓傑閣，奴僕如雲。室中金玉錦繡，盛飾如王侯。城後一園林，長半英里，牛羊麋鹿實其中，一切庖欄靡不備」的石城；再到「衛兵一隊列於門，鼓角聲且震耳。入，則其婦方高據寶座，座以黃金及鑽石製成。頭上金冕，燦燦發奇光。兩旁各侍美婢六，排列如雁行」的王宮；「婦坐於渾金高座之上。頭上冕高六尺許，衛士侍童，椅列兩行，大小以次。大者長八尺餘，頎然特立，小者則僅侏儒三寸耳。而王公巨卿，左輔右弼者，更不可數計」的宮殿；最後是「婦坐於高二英里之座上，頭帶三巨冕，環衛森嚴，儼然教皇之尊。左右列寶炬兩行，大者如宇內閎塔，小者亦高丈餘」的教廷，一個比一個氣派。漁婦頭上的冠冕，從「頭上金冕，燦燦發奇光」，到「冕高六尺許」，再到「頭帶三巨冕」，也是越來越高，不可一世。細節描繪栩栩如生，讀者明知結果，還是忍不住為漁夫擔心。敘述者相當節制，結尾並沒有道德教訓或嗟嘆詞，只有淡淡一句「故漁人至今在溝」，令人忍俊不住。

這篇有許多生動的動詞用法，如「肘其夫」的肘字、「吾欲王矣」和「魚胡能王卿」的王字、「彼能帝我，獨不能教皇我耶」的帝字，連「教皇」也可以當動詞使用，十分生動。

大海之濱，有一溝[1]焉。漁人夫婦結舍居其中，日從事捕魚。一日，漁翁持竿坐岸上，見清波澹蕩，絲繩與之上下。方觀賞間，鈎忽下沉於深水間。急掣之上，則一巨魚出水。魚忽語曰：「盍舍我乎？我非真魚，乃魔公子耳。子盍縱我以入水？」

漁翁曰：「嘻！異矣！魚而人語。吾何取焉？吾縱子矣。」遂舍之。魚入水，水上留血一痕，殷然泛赤色。漁翁歸，晤其妻於溝，語以得巨魚事，曰：「魚自承為魔公子，吾因釋之。」

1 溝：原文為 pispott，根據德文譯本翻譯的魏以新譯為「尿壺」，殊不可解。溝雖可解釋為地塹，但此處翻譯應該是因為泰勒英譯本譯為 ditch 之故。其他英譯本或用 hovel（hunt），或用 pigsty。中譯本常作「茅屋」。

魚忽語曰：「盍舍我乎？我非真魚，乃魔公子耳。」（喬伊絲・梅瑟 繪製）

婦曰：「若釋彼時，曾有所求乎？」

漁翁曰：「否。吾將焉求？」

婦曰：「吁！吾與若居此腥惡之溝，生事蕭索。曷不往語之魚，請一小舍。」

漁翁意殊不欲，顧不敢逆婦意，乃赴海濱。至則水作黃碧色。漁人立水滸而告曰：「嗟嗟海上人，請聽我一言。為負兒女[2]累，遂乞他人恩。」

魚游泳而出曰：「彼將焉欲？」

漁翁對曰：「婦謂當吾之捕爾也，宜先要求而後釋之。彼不欲久困於溝中，願得一小舍。」

2兒女：夫婦也。這裡指受太太指使。

魚曰：「子歸，彼已在舍矣。」

漁翁歸，見其婦果竚於舍門。婦曰：「來！來！此不大愈於溝乎？舍中有廳有榭[3]，有寢室，有廚舍。後更有小園一，花果錯峙，雞雛成羣。」

漁翁曰：「嘻！吾生之樂如何？」

婦曰：「今乃可以行樂矣！」

一二星期，二人安居頗適。久之，婦又曰：「夫子，吾嫌舍中屋宇太少，園亭亦殊不寬。吾欲得一大石城居之。若往語之魚，請城。」

3榭（ㄒㄧㄝˋ）：建在高臺或鄰水的木屋，為欣賞風景之用。

漁翁曰：「賢卿，吾不往矣。往則魚將怒。吾儕得一舍亦足矣。」

婦曰：「子胡悖謬！彼詎不樂從。君顧試往語之。」

漁翁不得已，乃怏怏至海上。海上波平浪靜，而水作蒼黯色。漁翁就而告曰：「嗟嗟海上人，請聽我一言。為負兒女累，遂乞他人恩。」

魚曰：「彼將焉欲？」

漁翁答曰：「吾婦欲居一大石城。」

魚曰：「子歸。彼已遲[4]汝於城門矣。」

漁翁歸，則婦果立於大城之外。謂曰：「君試觀之，

4 遲（ㄓˋ）：等待。

此城豈不壯哉！」

二人共入城，則崇樓傑閣，奴僕如雲。室中金玉錦繡，盛飾如王侯。城後一園林，長半英里，牛羊麋鹿實其中，一切庣欄靡不備。

漁翁曰：「吾儕風燭餘年，而獲身居名城之中，享茲大福，亦足自娛矣。」

婦曰：「或如是。且待吾寢而思之，以定吾志。」

二人歸寢。

翌晨，婦寤，則天氣清明，風日高朗。婦復肘[5]其夫

5肘：用手肘碰觸。

曰：「夫子趣[6]起！吾儕將為此土之王。固宜宵旰勤勞[7]矣。」

漁翁曰：「卿乎！吾儕焉可為王？吾不願也。」

婦曰：「吾願之。」

漁翁曰：「卿胡能王？魚亦胡能王[8]卿？」

婦曰：「毋多言，趣往語之魚，吾欲王矣。」

漁翁行，大憂之。以為牝雞司晨，家必索矣。至則波濤浩瀚，海水作黝黑之色。漁翁呼曰：「嗟嗟海上人，請

6趣（ㄘㄨˋ）：催促、急促。

7旰（ㄍㄢˋ）：晚上。宵衣旰食，是指帝王勤於政務，天未亮就起床穿衣，很晚才吃飯。這裡是漁婦叫漁夫起床，說我們要當國王了，要勤勞一點，不能貪睡。

8王：動詞，讀四聲，使為王。「魚胡能王卿」，就是「魚如何能使你為王」。

聽賤子言。為負兒女累，遂乞他人恩。」

魚曰：「彼又焉欲？」

漁翁曰：「吾婦欲為王也。」

魚曰：「子歸，彼已王矣。」

漁翁歸。將及宮，則衛兵一隊列於門，鼓角聲且震耳。入，則其婦方高據寶座，座以黃金及鑽石製成。頭上金冕，燦燦發奇光。兩旁各侍美婢六，排列如雁行，以次長出一首[9]。漁翁曰：「卿果王乎！」

婦曰：「然。予既王矣。」

9每一個都比前一個高一個頭。

漁翁瞻視良久。曰：「噫！王者誠驕貴哉。卿至此，止矣。蔑[10]以加矣。」

婦曰：「惡！是何言！吾雖王，而吾心實未以為厭足也。必為帝而後可。」

漁翁曰：「嗟乎！賢卿焉可為帝？」

婦曰：「子往見魚，言吾欲為帝矣。」

漁翁曰：「吁！卿乎！魚不能使子為帝，吾亦不敢更以此語魚。」

婦曰：「叱嗟！予既王，則子直奴耳。奴敢違王命耶？趣往！」

10蔑：無、沒有。蔑以加矣，就是無以復加。

漁翁不敢不往。道中喃喃曰：「是必不可。吾儕奢求若此，則魚必有心懈之一日。後悔且無及矣。」

少須，至海上。則水愈深黑而渾濁，旋風盤舞其上。漁翁立而言曰：「嗟嗟海上人，請聽賤子言。為負兒女累，遂乞他人恩。」

魚曰：「彼又焉欲？」

漁翁曰：「噫！欲為帝也。」

魚曰：「子歸，彼已帝矣。」

漁翁又歸，至則婦坐於渾金高座之上。頭上冕高六尺許，衛士侍童，椅列兩行，大小以次。大者長八尺餘，頎

魚曰：「彼又焉欲？」漁翁曰：「欲為帝也。」（凱．尼爾森 繪製）

然特立，小者則僅侏儒三寸耳。而王公巨卿，左輔右弼者，更不可數計。

漁翁前問曰：「卿，帝也耶？」

曰：「然，帝也。」

漁翁且睇且言曰，「巍哉帝乎！」

婦曰：「夫子，一帝猶未已也。吾將為教皇。」

漁翁曰：「卿安得為教皇！教皇，景教[11]國之主也，宇內一時無兩。」

婦曰：「夫子，吾今日必欲為教皇。」

11景教：指天主教。景教其實是天主教的一個東方教派，即 Nestorian Church，在唐朝傳入中國。中國後來以景教泛稱天主教。

漁翁曰：「第[12]魚不能使卿為教皇。」

婦曰：「若胡言之謬。彼能帝我，獨不能教皇我耶？若行矣。」

漁翁更至海濱，則狂飆怒吼，奔濤若山，景象至可駭怖。仰首視天，正中蔚藍，南方盡赤，似風潮之將驟至者。漁翁大惶懼，身戰股栗[13]，呼曰：「嗟嗟海上人，請聽賤子言。生負兒女累，徒乞他人恩。」

魚曰：「今彼焉欲？」

漁翁曰：「噫！彼欲為教皇也。」

魚曰：「且歸，彼已教皇矣。」

12第：但是。　13股栗：也寫成股慄，指兩腿發抖，害怕的樣子。

漁人歸，見婦坐於高二英里之座上，頭帶三巨冕，環衛森嚴，儼然教皇之尊。左右列寶炬兩行，大者如宇內闊塔，小者亦高丈餘。漁翁四顧莊嚴，乃曰：「卿，教皇乎！」

婦曰：「然，予固教皇矣。」

漁翁曰：「大哉教皇，天下莫加焉。卿其止矣。」

婦曰：「吾再思之。」

二人歸寢。婦徹夜不寐，思加乎教皇之上。達曙，朝暾[14]熊熊，射於窗際。婦見之曰：「噫！予乃不能止日出

14暾（ㄊㄨㄣ）：形容日光溫暖明亮。

乎？」

於是怒甚，蹴[15]其夫起曰：「趣往語之魚。吾欲為日月之主。」

漁翁時方半睡，聞婦語，大驚，震墜牀下，曰：「嗟乎！賢卿，若為教皇，尚不心足乎？」

婦曰：「否。吾滋不悅。日月不獲吾命而出，吾焉能堪。其趣往。」

漁翁踉蹌而出，至海濱。大風潮作，電掣雷奔。天地晝晦[16]，黑浪騰空若山岳，衹濤頭白如練[17]。漁翁言曰：「嗟嗟海上人，請聽賤子言。生負兒女累，徒乞他人恩。」

15蹴（ㄘㄨˋ）：踢。 16晝晦：白日而天色昏暗的樣子。 17練：白絹。

魚曰：「今彼又焉欲？」

漁翁曰：「噫！彼欲為日月之主。」

魚曰：「子歸，仍居於溝。」

故漁人至今在溝。

阿育伯德路

本篇篇名「阿育伯德路」是從德文Aschenputtel音譯而來，格林童話編號21，泰勒譯本的拼法為Ashputtel。譯者有注解，說此名意思是「灰中人」，也就是我們現在說的「灰姑娘」。說到灰姑娘，大家都會想到南瓜車、神仙教母和玻璃鞋。但那其實是根據法國佩羅版本的美國迪士尼版本，德國格林童話中的灰姑娘就沒有南瓜車，也沒有神仙教母，而且掉的是金履鞋。

格林童話的版本與佩羅／迪士尼版有幾個很不同的地方：一是父親未死，眼睜睜看著後妻虐待前妻之女；二是幫她張羅華服的是鴿子，而不是神仙教母；三是與王子共舞了三晚（都三個晚上了，還要靠鞋子認人？王子視力有問題吧！）；四是鞋子的材質不同，佩羅版是玻璃鞋，格林版是金鞋。但對照原文，第三晚，王子在階梯上灑了瀝青，才黏住女主角的鞋子，泰勒英譯本卻沒有提瀝青，所以中譯本只有說「倉皇遁走，顧迫切之際，遺其左足所著之金拖履於偕上。」另外，原文中鴿子後來啄瞎了兩個壞姊姊的眼睛，泰勒譯本省略了這個血腥的結尾，只留下「夫婦皆大歡喜，攜手而歸」。

故事中阿育伯德路和鴿子都常常吟詩——她在媽媽的墓前榛樹下高吟：「嗟長榛之依依兮，安得賜我以錦衣！」王子以鞋找人，兩次被姊姊所騙，鴿子都吟道：「歸去視金履，履小何不倫。使君自有婦，莫恤馬前人。」最後總算找對人，鴿子這才恭喜王子：「王子多豔福，滿載馬頭春」，非常知趣。

一富家婦寢疾[1]。將彌留時，召其一女至榻次，囑曰：「吾願爾勉為世間賢淑之女。一靈在天，實鑒臨焉。」言罷，閉目而逝。既殯，葬於園。此幼女日必臨墓而哭之。

女性至孝，為人尤賢淑而慈祥。顧母死未久，而其父亦已別娶繼母。繼母挈其所生之二女至。二女貌美而心險，久之而反賓作主，轉嫉女若仇。而此伶仃之孤女，傷心之日至矣。

一日，謂女曰：「香閨之內，焉用汝廢物為。夫人之食麪麭者，必其能先得麪麭者也。若子則祇宜與竈下婢伍

1寢疾：臥病在床。

耳。」二女遂盡褫其身上之豔服，而與以敝衣。惡嘲毒罵，推之入廚。女不得不執此卑賤之役。未曙而起，汲水舉火，勞苦不可名狀。而二姊猶復時時苛擾，戲侮不止。及夕，女倦極欲睡，則不得榻。於是臥於竈次，橫身爐灰之中，不免塵垢沾污，面目黧黑，二女遂呼之曰「阿育伯德路」（猶言灰中人也）。

一日，其父將赴市。先問二女何需，當為購之。其一曰：「需麗服。」其二曰：「金鑽及珠。」父乃問幼女曰：「兒今焉欲。」女曰：「父親歸家之時，道上遇樹條之拂帽者，請折其一以歸。」父出，從二女之請，購美服、珍珠及金剛石數事。及歸，乘馬而過林樹之下，忽有一低亞之枝，橫出道旁，拂帽幾墮，遂折之歸，以畀[2]幼女。幼女攜往其母之墓前，植之塚上。大哭，血淚著條，條驟長茂，卒為蓊鬱之嘉樹。女日必三臨壙[3]而哭。既而有一小鳥至，築巢樹上，常與女敘語。女有所欲，鳥必與之。

時值國王將大宴三日，凡女賓之赴宴者，王子將選其一為婦。阿育伯德路之二姊，亦將赴召。遂呼阿育伯德路曰：「若趣為我曹櫛髮拭履。今日王開宴，吾二人將赴跳舞。」女從命，侍二姊粧竟，出而痛哭，念己亦欲赴跳舞，顧不可得。既而自請於母氏，乞偕行。其母曰：「汝

2畀（ㄅㄧˋ）：給。 3壙（ㄎㄨㄤˋ）：墓穴。

阿育伯德路，身無完縷寸衣，焉能赴跳舞。」女堅請不已。

其母欲絕之，因曰：「吾今撒一盂之豆於灰中。汝能於二時之間，盡拾之而不遺其一，則可赴宴。」於是其母即撒豆於灰中。女疾奔出後戶，抵園中，大呼曰：「鳥乎！鳥乎！爾曹其速來為我助乎！」語未畢，即有二白鴿飛集廚牖[4]之下，繼以鳩，又繼以各類之小鳥，紛紛振翮而至，俱集於灰中。二鴿伸頸先啄，羣鳥爭助之，揚灰於地，掇粒於盂，須臾而功已竟。鳥飛去，女奉盂於其母，意殊得，以為今乃可以赴宴矣。其母則曰：「不可不可，爾蓬頭垢面，又無衣，將何以舞。」阿育伯德路請之益

4牖（ㄧㄡˇ）：窗戶。

二白鴿又率群鳥至，爭集而啄豆。（亞歷山大．齊科 繪製）

堅。

其母曰：「然則爾能於一時之間，而盡拾二盂之豆者，則可去。」其母之意，以為如是難之，乃可絕其請。遂又撒二盂之豆於灰中。女復奔至園次，大呼如前，曰：「鳥乎！鳥乎！爾曹其速來為我助乎！」於是廚牖之外，二白鴿又率羣鳥至，爭集而啄豆。須臾已畢，儲之盂中。蓋猶未逾半時也。阿育伯德路大喜，以為今乃可以赴跳舞會矣。起而捧盂入。其母又曰：「否否，爾不能去。爾無衣，將何以舞。徒辱門楣耳。」言已，逕與其二女行，盡室以去，家中惟遺女一人。

阿育伯德路感傷懷抱，坐於墓樹之下，高吟曰：「嗟長榛之依依兮，安得賜我以錦衣！」其鳥友自樹上聞之，遽奮翮翔去，從市中求得錦繡之衣，絢麗之履，攫而飛至，擲與女。女大喜，亟著之，而尾隨其二姊行。二姊見之，竟不相識。但見其雲裳霧縠[5]，華美無倫，以為是殆一貴公主耳。若夫阿育伯德路，則彼等固未之夢及。

俄而王子趨出，見阿育伯德路，大相愛悅。立前執其手，與之共舞。竟日未嘗一及他人。其他賓客有請與女舞者，王子則答曰：「否，否。此女當與我共舞。」舞罷，時已深夜，女欲歸。王子曰：「吾當伴送爾。」意蓋欲視

5 縠（ㄏㄨˊ）：縐紗。

女之居何所耳。然女殊不欲，旋乘其不備而遁，力奔歸家。王子逐之，女一躍而入鳩舍，闔其扉。王子徘徊片刻，其父亦歸。王子謂曰：「有一不相識之女郎，曾臨今日之會。今匿於此，盍視之。」二人排闥[6]入室，不見一人。入後則見一蓬頭垢面之阿育伯德路，身裹敝衣，橫臥於灶旁突上而已。實則女躍入舍，即飛奔至樹下，盡解其美服，返諸鳥，然後仍衣敝衣，入廚下而臥。

翌日宴又開。阿育伯德路之父母及姊既去，阿育伯德路復至樹下，歌曰：「嗟長榛之依依兮，安得賜我以錦衣！」鳥又飛去，俄而將美服至，鮮豔更過於昨日。女著之赴會，見者咸驚其美。王子方凝立以待，見女至，則大

6闥（ㄊㄚˋ）：門也。

喜，仍前執其手而舞。及夕，女將歸。王子又尾之，以矚[7]其所往。然女行殊飄忽，俄入於宅後之園中。中有梨樹一株，枝葉森茂，其上熟果垂垂。阿育伯德路匆匆至，竟登其上匿焉。王子至此，又不知其何往。待其父歸，謂之曰：「彼不相識之女郎，舞罷而遁，殆升此梨樹之上矣。」其父自思曰：「豈阿育伯德路乎？」遂入而取斧斫[8]樹。樹偃，初無一人。二人乃共至廚下，則阿育伯德路仍臥於灰中。蓋彼已潛自樹後下，以其豔服還之鳥，而仍服敝衣以臥矣。

至第三日，父母及姊俱去，女又入園，歌如前。鳥擲

7矚（ㄎㄢˋ）：看。　8斫（ㄓㄨㄛˊ）：用刀斧砍。

美服亦如前。而拖履一雙，尤精致，係純金所製者。女臨會，眾人益驚聳其神麗，至不能贊一詞。王子仍與之共舞。入夕，女又將歸。王子必欲偕行，私語曰：「此次不能再失之矣！」俄而女倉皇遁走，顧迫促之際，遺其左足所著之金拖履於偕上。王子得履，詰旦[9]，呈諸王前，曰：「兒欲得一女，可以納此金拖履者，則以為婦。」

二姊聞之，大悅，自念六寸圓膚，必可以納此金拖履。於是長者先入殿，取金拖履納之，則足寬而履窄，一拇趾不能入。其母旁立而觀，心焦灼甚，亟授以刀曰：「此何傷，削之可耳。爾若為后，則焉恤一趾，爾今後將不勞步矣！」是癡女果削其拇趾，強納履而見王子。王子

9 詰（ㄐㄧㄝˊ）旦：次日早上。

遂以為婦，抱之上馬，二人並騎而行。歸途過阿育伯德路所植之榛樹下，上有一小鴿，巢枝而歌曰：「歸去視金履，履小何不倫。使君自有婦，莫恤馬前人。」王子下馬，視其足，則血跡猶沾濡，謂女為惡作劇，立逐去之，曰：「此非吾婦也。」

其妹更往登拖履，全足俱入，獨餘一踵。踵太巨，其母削之小而強納之，引往見王子。王子亦與之並騎出。過榛樹之下，鴿猶在，如前歌曰：「歸去視金履，履小何不倫。使君自有婦，莫恤馬前人。」王子俯視之，則血淋漓且透羅韈矣。王子即返騎，復遣女歸，語女父曰：「此亦非吾婦也。爾其猶有女乎？」其父曰：「殆無矣。惟前妻曾遺一女，曰阿育伯德路，身倩小而蒙不潔，恐不足為使君婦也。」王子命姑召之。其母曰：「不可不可。彼蓬首垢面，烏可使見王子。」顧王子必欲一見之。

女乃醴[10]面沃手而出，立室前，盈盈與王子為禮。王子遂進金拖履，女伸足納之，大小適宜，一若此金拖履固為女特製者。王子就而審其貌，似曾相識，不覺驚喜曰：「此真吾婦也！」其母及二姊皆大驚，忿妬見於顏色，而無如之何。王子遂掖阿育伯德路登騎，揚揚出門去。二人過榛樹之下，則聞鴿歌曰：「歸去視金履，金履實宜人。王子多豔福，滿載馬頭春。」鴿歌已，飛而集於女之肩。夫婦皆大歡喜，攜手而歸。

10 醴（ㄏㄨㄟˋ）：洗。

七鴉

這個故事譯自格林童話第25篇的Die sieben Raben（The Seven Ravens），現代中譯本通常譯為〈七隻烏鴉〉。

故事敘述一個父親，生了七個兒子之後才生女，為了給嬰兒受洗，六個哥哥爭先恐後要幫忙打水，竟讓水桶掉進井裡。爸爸一時氣憤出言詛咒自己的兒子，兒子皆變成烏鴉。女兒長大聽說此事，決定要去找哥哥。接下來有一些神話色彩，遇到日月星辰，指點她到玻璃山。她到城門口發現鑰匙不見了，竟然自斷一指代替。進到城堡裡的場景與白雪公主有點相似：七小盤，七小杯，還有一個侏儒。女孩在最後一個杯中暗藏信物（父母給的戒指），因而兄妹團圓，也順利解開他們的詛咒。

這種「哥哥變成鳥，妹妹去救哥哥」的民間故事，從希臘時代就有，也有不少版本；格林童話還收錄了另一則〈十二兄弟〉。安徒生童話的〈野天鵝〉是其中很著名的一個版本：十一個王子被後母變成天鵝，最小的公主去救哥哥，最後成功讓哥哥變回人形。

昔有一人生七子，厥後又舉一女。女幼甚，體格娉婷而羸弱。舉家慮其或不永於年[1]，欲速為之舉錫名之禮[2]。

其父乃使一子赴井汲水。六人聞之，均從之往。人人爭先就汲，倥偬之間，遂使水桶突墮於井。七人皆蠢愚甚，木立相視，不知所措，至憂懼不敢返其家。

此時其父久待七子不至，焦灼特甚。初猶曰：「七人殆為童子戲而忘返耳。」又須[3]之，七人仍不返。父大

1不永於年：壽命不長。
2錫名之禮：錫名，就是命名。這裡是指基督教的受洗，所以才需要去汲水。故事中父親因怕女兒早夭，若在夭亡前沒有受洗，就不能進天堂，所以非常著急。
3須：等待。

父言一出，突聞頭上聒噪有聲。（奧斯卡・赫夫特 繪製）

忿，力詛其子皆化為鴉。父言一出，突聞頭上聒噪有聲。仰視之，則見七鴉盤翔於上，皆深黑如墨。父心知其為七子所化，意大悔，顧已無及矣。

幸有此嬌癡之幼女，依依左右。日漸長成，則喪子之戚，亦以少紓。女既長，初不自知其有兄弟，父母亦未嘗與言及之。一日，女外出，聞有人議其後曰：「噫，彼誠蠱矣。然彼之兄弟，皆為彼而死，不亦哀哉。」女聞之，痛甚。至其父母之前，問己果有兄弟否？今若何矣？父母此時不能隱，遂語以事之顛末[4]。且曰：「若生之初，實為此事之厲階[5]耳。」

4顛末：本末。 5厲階：禍端。

女自是竟日鬱鬱，傷懷不已。念己惟有竭力以覓其兄，不遑寧息。一日，忽私遁出，漫游四方，將遍覓其兄之所在，以救之歸。身畔無長物，惟父母所賜之指環及麪麭一方以防饑，清水一甕以防渴，如是而已。

行行復行行，至於世界盡處，將就而問諸日。日炎酷如火，顧不可近。乃返奔之月，月又甚寒凜，凍體欲僵。女於是旁趨而之星。星待之殊般般有情愫，贈以木製之鑰匙一，曰：「此去有一玻璃山。山上有城，爾兄居焉。爾持此往，可以闢城門而入。」

女受匙，裹以布而懷之。復進行至玻璃山之上，則城門已闔。女探懷出布，布起而中空無物，木匙已無在焉。

日炎酷如火，顧不可近。（奥斯卡・赫夫特 繪製）

星待之殊般般有情愫，贈以木製之鑰匙一。（奧斯卡·赫夫特 繪製）

女至此，手足罔措。蓋失此匙，則玻璃山之城門，遂不可闢。一時且悔且恨，遽拔囊中之刀，斷其一指。指墮，大小短長，適如其所失之木匙。女見而心動，姑取斷指投門中，門立啓。女乃得入。

則有一侏儒前問曰：「若何所覓？」

女曰：「吾欲覓吾七兄，即彼七鴉是也。」

侏儒曰：「吾主人外出未歸，爾盍須之。」

女遂從侏儒入。則見室中已備餐，桌上寘殽七小盤，酒七小盃，羅列井井。女乃就椅坐，每盤竊食少許，酒亦如之。至臨末之一杯，則脫手上指環，潛投其中。俄而聞空中有搏翼聲，啼噪聲。

七鴉立起化為人，各返本相。（奧斯卡・赫夫特 繪製）

侏儒曰：「主人歸矣。」

七鴉入，將就桌飲食。視盤及盃，則相與唶[6]曰：「誰食吾盤中飧？」「誰飲我盃中酒者？」「噫，是必有生人至此。」語未畢，第七鴉瞥見盃底一指環。審之，知為父母之物，呼曰：「噫，吾小妹其來此乎？果爾，則吾黨之難釋矣。」女此時方立門後竊聽。聞之，突奔而出。七鴉立起化為人，各返本相。於是相抱親吻，皆大歡喜而歸。

6唶（ㄐㄧˊ）：鳥叫聲。

伶部

此篇即〈不來梅的樂隊〉，格林童話編號27號的Die Bremer Stadtmusikanten。這是一個動物故事，描寫驢、狗、貓、雞逃離人類，合作驅趕盜匪的故事，深受小朋友的喜愛。題目「伶部」即為樂隊之意。驢子有何才能，為何會想成為音樂家？殊難解也。不過最後他們也沒抵達不來梅，也沒成為音樂家就是了。

故事中說到貓狗「仰首掀鼻，饞吻翕張，涎滲滲然滴不止」的模樣，栩栩如生。最後貓抓、狗咬、驢踢、雞啼，在強盜跟同黨的轉述中變成「室中一劇怪，其指長而多骨，爪傷吾面。一人手握刀，匿於戶後，剸吾脛。一黑魅立於庭，以梃撻我。更有一妖坐屋上，呼曰：投賊而上乎！投賊而上乎！」煞有其事，很有喜劇效果。

農家畜一驢有年。驢健而勤，主人之義僕也。既而驢齒漸增，日不堪役。主人以其老也，將殺之。

驢知有變，私遁上道。赴大城，自籌曰：「吾其往彼為伶耳。」行未遠，遇一犬，喘息道旁，狀殊委頓。驢曰：「吾友！子胡為在此？」

犬曰：「吁！主人以余年老頽廢，不能助之畋獵，將捶吾之首，因遁於此。予將何以圖生？」

驢曰：「聽吾一言：吾將投大城為伶。子盍從我偕往，貢其所長。」

犬曰：「願從。」

驢與犬遂徐徐而行。未幾，又見一牝貓坐途中，面有憂色。驢曰：「好女子！若何為者？毋亦為不得志者歟？」

貓曰：「唉！予乎？生命且不保，遑言得志。予垂暮之年，寧倚爐從容而歿，不欲逐鼠四室，旁午[1]而生，顧主婦執我將溺之。吾今不遭其毒手，亦云幸矣。顧不知何以為生？」

驢曰：「嘻！子唱夜名家，苟一旦為伶，必可得志。盍從我往大城一游乎？」

貓悅其策，亦入隊。既而道過稼場，見一雄雞棲戶上，方竭力而啼。

1旁午（ㄅㄤˋ　ㄨˇ）：到處奔波。

驢曰：「善哉！此誠妙音也。不知其中寓意若何？」

雞曰：「吾特報風日好景，為浣裳之辰。乃[2]主婦及膳女輩，不特不謝吾之勞，且言明日欲割吾脰[3]以作湯，而餉來復日[4]之賓。」

驢曰：「天必禁之。雞師，子曷若從吾輩俱去？愈於坐待斷頭矣。且吾輩方組織一部，將往彼大城為伶。今得子日夕倡和，將來不難別樹一聲歌之場。子其行矣。」

雞曰：「此吾所大願也。」於是四者相將[5]去，欣然而行。

第一日不及入城。薄暮，投林止宿。驢與犬共臥一大

2乃：而。 3脰（ㄉㄡˋ）：脖子。
4來復日：星期日、週日。 5相將：一起。

樹之下，貓伏枝上。雞謂彌高彌穩，因止其顛。凡雞性未睡時，必先四瞭無事，乃寢。雞方引眺，忽見遠處燈光明煜，因語其伴曰：「人家不遠矣。吾適見燈光。」

驢曰：「果爾。吾輩盍移居彼宅，不較此為適乎？」犬曰：「吾之意且不止是。苟往而可得殘骨剩胾[6]者，亦殊不惡。」遂共如雞所見燈光處。

既至，則見巍然一巨室。燈火煌煌，羣盜在焉。驢在隊中為高，因至窗下，昂首窺之。雞問曰：「驢，若何所見？」

驢曰：「問余何所見？余見案上佳殽紛陳，羣盜團坐

6 胾（ㄗˋ）：切成大塊的肉。

為樂。」

雞曰：「此則吾黨之美居也。」

犬與貓聞之，咸仰首掀鼻，饞吻翕張，涎滲滲然滴不止，急思入而攫食之，乃共謀所以驅盜者，既而得一策。驢屈後脛跪地上，而舉其前足按窗，削立如壁。犬升其背，貓則躋犬之肩，而雞止貓首。戒備既訖，始傳暗令。一時眾樂大作，驢嘶、犬吠、貓鳴、雞喔，毀窗大進，突入其室，間以碎玻璃之聲，訇訇[7]並作。盜大懼。夫盜非懼樂者，且以張樂[8]為樂，何至於懼？蓋以疑奇妖降禍其身，故驚魂破胆，各鼠竄若不及。

盜既去，驢犬貓雞乃高踞座上，分食盜之所餘，橫吞

7訇訇（ㄆㄥ　ㄏㄨㄥ）：狀聲詞，形容巨大的聲響。

8張樂：奏樂。

驢嘶、犬吠、貓嗚、雞喔，毀窗大進，突入其室。（愛德華・威納 繪製）

大嚼，若從此一月不可得食者然。既飽，滅燈，各擇其地而寢。驢薦[9]槀[10]臥於庭中，犬睡門後。灶中殘灰尚溫，貓伏焉，而雞則棲於屋梁之上。諸客風塵勞頓，少須即寐。

夜將午，盜遠遠見燈熄室靜，深悔狼奔之無謂，擬復返。中有一人膽獨壯，願先往偵動靜。既至，見室內寂然，大步入廚，摸索一火柴，將以爇[11]燭。忽望見貓眼之耀射有光，以為烈煤也，引柴爇之。貓驚醒，遽躍起一撲，且爪其面。盜大驚，奔後戶，犬突出囓其脛。過庭，驢大蹴之。雞聞聲而寤，力啼。盜大奔，歸見同黨，語其

9 薦：動詞，襯墊。 10 槀（ㄍㄠˇ）：乾草。
11 爇（ㄖㄨㄛˋ）：焚燒。

渠[12]曰：「室中一劇怪。其指長而多骨，爪傷吾面。一人手握刀，匿於戶後，剚[13]吾脛。一黑魅立於庭，以梴[14]撻我。更有一妖坐屋上，呼曰：投賊而上乎！投賊而上乎！」

盜黨聞之咸股慄，遂不敢返。諸伶安然居其居，遂家焉。迄於今尚存。

12渠：他、他們。 13剚（ㄗˋ）：用刀刺。
14梴（ㄊㄧㄥˊ）：長的木頭。

履工

這個故事就是〈鞋匠與小精靈〉，譯自格林童話編號39的Die Wichtelmänner。故事敘述一個窮鞋匠，忽然得到兩個小精靈的協助，每夜幫他做鞋子，因而漸漸致富。後來他在聖誕夜與老婆做了衣物送給小精靈，小精靈從此就不見了。

以前總覺得這兩個小精靈有點不夠意思，怎麼收了禮物就跑了；後來看了《哈利波特》才知道原因：如果小精靈得到衣物，他們就自由了。也難怪這兩個小精靈看到衣物會高興到手舞足蹈，「起而著之，舞蹈騰踊」了。

小精靈Elves是歐洲的傳說，中文本無可對應的概念和說法，《時諧》譯者只好譯為「豎子」，但豎子只是年紀較小或較矮，畢竟還是人，當時讀者可能還是難以理解。相較之下，我們現代的讀者就比較清楚小精靈的長相和規矩，知道為什麼一開始是「裸豎」，後來得了衣服就消失了，也更能理解這個溫馨可愛的故事了。

一屨工執業甚勤，而所獲不自足自贍，家大困，蕩無所有。一夕檢視遺革，僅可製屨一雙。屨工裁成之，置諸案上，擬俟明日早起為之，遂就寢。凌晨而起，甫欲執工，則所裁革已不見，惟成屨一雙置案頭。屨工大詫，不知所云。既而審視其構，則製法絕勝於尋常。雅潔華妙，可稱傑作。

須臾，一客至，喜而購之，出價溢於常屨。屨工得錢以市革，可多製二雙。及夕，仍裁革而寢。孰知屨工可以不必操勞，詰旦而履又成矣。俄而市者至，厚酬其值，履工更以市革，可多製四雙。先一夕裁之，則天明而又成。如是者數數[1]，日入而備，日出而成。於是屨工生業[2]陡盛，家道為之小康。

一夕，將及耶誕之辰。屨工與婦圍爐坐話，因曰：「今夕吾將坐而矚之，不知此操役者果誰也。」婦從之，為燃一燈，徹夜常明。二人匿於室隅之幃中，以窺動靜。夜將午，忽有二裸豎[3]至，坐於屨工之案上，取已裁之革，倏而縫，倏而襯，度指若飛。屨工眙[4]愕不已，注視久之。而二豎子已先後逝，迅疾如電。更視所作，則已竣工。蓋屨又一一陳案上矣。

1數數（ㄕㄨㄛˋ ㄕㄨㄛˋ）：屢次、常常。 2生業：職業、生產。

3豎：未成年的僮僕，或身材矮小的小子。 4眙（ㄧˊ）：瞪、直視。

二人匿於室隅之幃中，以窺動靜。（華特·克蘭恩 繪製）

次日，婦語其夫曰：「小豎子致我儕於富，我儕自應知感，而思所以報之者。昨見其奔走四室，袒兩臂，將何以禦寒？吾意擬為之製一袗[5]、一袍、一半臂[6]，以酬其勞。而子則為製二小屨，何如？」

屨工聞言大悅。一夕諸事具備，陳諸案上，以代裁革。二人仍匿而窺之。夜半，二豎子至，將坐而執役。則見衣屨二襲陳几上，華美而精，乃大樂。起而著之，舞蹈騰踊，出門而逝。自是遂不復見。

而屨工夫婦安居樂業，遂稱小康焉。

5袗（ㄓㄣˇ）：單衣。 6半臂：對襟短袖上衣。

玫瑰花萼

此篇即〈睡美人〉。這個故事在歐洲各地有不同版本，法國佩羅的版本前半和格林童話差不多，但格林童話結束在兩人成婚，佩羅版本還有婚後生子種種情節。迪士尼電影中睡美人名字為Aurora（黎明），但格林童話版的睡美人名為Dornröschen（Rose Bud），即「玫瑰花蕾」或「玫瑰花萼」。

這篇文言文玲瓏可喜，是極佳的小品。描述全宮皆睡的情景出現三次，第一次是「馬睡於廄，犬睡於庭，雀睡於棟，蠅睡於壁」。百年後，王子「惟見廄中睡馬，庭中睡犬，棟上睡雀，壁上睡蠅」。對仗工整，又不重複。公主醒來時則「馬起而抖擻，犬起而狂吠，雀頭出於翼下，四視而翱翔，壁上蠅亦栩栩以活」。皆以馬、犬、雀、蠅順序敘述，語言精練鮮活，讀來生動可喜。

廚房的情景也很有趣。先是「膳女揪廚童之髮，方將摑其耳，手尚高舉，而人已與廚童俱睡矣」。百年後王子則「見一膳女尚睡未醒，方高揚一手，仍若扑廚童之勢」。公主醒來，咒語解除之後，「膳女摑廚童之耳，而廚童哭矣」。這記百年巴掌終究是巴了下去。

昔有一國王，年老乏嗣，恆悒悒不歡。一日，王與后出遊河干[1]。一小魚舉頭水上，呼曰：「陛下之願將償矣。不久，當誕一女。」未幾，其言果驗。后旋舉一女，女絕慧美。王顧而樂之，因下詔大饗天下。及期，鄰國俱至，並招國中諸怪而宴之，蓋冀怪之呵護其少女也。

國中諸怪凡十有三，並著靈異。而王祇有十二金盤，不敷奉客，於是遺一怪不招。眾怪至，登座大嚼。筵終，各出美物贈小公主，並次第進祝詞，或錫以德，或以才，或以貌。十一怪祝已，十二怪方欲致詞，未及啟齒，忽不招之怪突然至，盛怒而前，將洩憤於公主，厲聲呼曰：

1 河干：河邊、河岸。

「公主至十三歲，必中紡錘，仆地而殭。」（哈利．克拉克 繪製）

「公主至十三歲，必中紡錘，仆地而殭。」

十二怪尚未贈言，聞此，急前曰：「不吉之言，不能不應，但吾今少紓其禍。公主雖中紡錘，然不死，惟宜長睡百年耳。」

王聞之，亦已大憂。為愛女故，命盡購國中紡錘毀之。已而公主漸長成。凡怪所贈諸言，罔弗應。公主貌美而賢，聰慧罕匹，見者無不傾羡。

及十三歲誕辰，王與后皆他出。公主獨處深宮，殊寂寞，乃出而散步，卒入一古塔。塔旁植一梯，甚狹。梯盡處，設一小扉，扉上置金鑰一。公主撥之，扉大闢。一老嫗坐其中而紡，狀至倥偬。

公主曰：「媪，爾在此何為者？」

嫗曰：「紡耳。」言時點首。

公主曰：「是物旋得大佳。」遂取錘，意欲為之代紡。手甫觸錘，而怪言果中，公主已倒地而殭矣。然未死，特深睡耳。

已而王與后回宮，滿朝都睡。馬睡於廄，犬睡於庭，雀睡於棟，蠅睡於壁。春竈火不熇[2]，朝釜肉不糜。膳女揪廚童之髮，方將摑其耳，手尚高舉，而人已與廚童俱睡矣。六宮寂寂為睡鄉，四墉長棘叢生，年甯一年，全宮皆沒，屋脊都不可見。於是國中為之謠曰：「玫瑰也學海棠

2熇（ㄏㄜˋ）：火勢旺盛的樣子。

公主曰：「媼，爾在此何為者？」（亞歷山大．齊科 繪製）

已而王與后回宮，滿朝都睡。（維克多・瓦斯涅佐夫 繪製）

睡[3]，宮牆盡日弄姿態。」蓋公主名玫瑰花萼也。

久之，遂有數王子先後聞名至，欲破棘入宮，以覘[4]其異，而終不能達。蓋荒荊亂莽之刺人也，利於刃。王子多木立而死。如是者不知幾何年。

3這是用中文「海棠春睡」的典故。典出宋朝「楊太真外傳」，傳說唐明皇某次召見楊貴妃，貴妃醉顏殘妝，皇帝卻說：「豈妃子醉，直海棠睡未足也。」是指貴妃就像海棠一樣嬌美。此處因公主名玫瑰，所以才說「玫瑰也學海棠睡」。

4覘（ㄓㄢ）：偷看。

一日，又有一王子入境。父老為述棘生之故，言「此中有華麗之宮，宮內一美公主，名曰玫瑰花萼者，與其同朝之人，熟睡於此。吾儕聞之祖父，曾有無數之王子來，欲破莽入，不得，皆木立死。」

少年王子曰：「此奚足懼。吾必欲往覓玫瑰花萼。」

老人諫之，王子弗聽，遂行。是日適逢百年之期，王子入，但見奇葩異卉，滿樹帶芳妍。屈曲覓途而進，至於百花深處，則衣香人影，不可辨矣。卒至宮，惟見廄中睡馬，庭中睡犬，棟上睡雀，壁上睡蠅。迤邐以達廚下，則見一膳女尚睡未醒，方高揚一手，仍若扑廚童之勢。更有一婢手執黑雞，正拔毛未竣，而亦酣然並睡焉。

王子目不旁瞬，俯而與之一親吻。（凱・尼爾森 繪製）

再進，則益闃寂，遠近無聲。卒達古塔，啟小室之扉，則玫瑰花萼在焉。春睡方濃，嬌憨可掬，視之令人生愛。王子目不旁瞬，俯而與之一親吻。則玫瑰花萼啟眸而醒，嫣然展笑。二人既相偕出，而王及后亦醒。既而滿朝皆醒，相視大愕。馬起而抖擻，犬起而狂吠，雀頭出於翼下，四視而翱翔，壁上蠅亦栩栩以活。竈火仍耀而午炊香矣，釜胾亦熟且麋矣。膳女摑廚童之耳，而廚童哭矣。婢亦伸手拔雞毛矣。

王子即日與玫瑰花萼成婚，而二人遂偕老焉。

醜髯大王

這個故事譯自格林童話編號52的König Drosselbart（King Thrushbeard），題名來自於一個鬍子很多的國王，公主笑他看上去像鶇鳥（畫眉鳥）的嘴。有數種中譯名稱，如「鶇嘴王」、「大鬍子國王」、「山羊鬍子國王」、「翹鬍子國王」等等。泰勒譯本名為King Grisly-Beard（有嚇人鬍子的國王），《時諧》則譯為「醜髯大王」。

故事敘述一個驕縱的公主，屢屢嘲笑求婚者，國王一怒之下命她嫁給乞丐。公主歷經種種生活困頓，嬌氣全無之後，才發現乞丐就是求婚時被嘲笑的大鬍子國王，最後歡喜收場。公主嘲笑求婚者的段落十分有趣：太胖，說人家「圓似盤」；太高，說人家「五月竿」；太矮，說人家「似粉團」；太白，說人家「似粉壁」；皮膚紅，說人家「雞冠花」，反正沒一個看得上眼。其實看完整個故事結局之後，總覺得這是國王跟女婿事先套好招的吧！這種類似「馴悍記」的主題，當然有違現代的性別平等原則，但至今也常是喜劇的元素之一。不妨看看《時諧》怎麼說這個故事。

國王有一公主，貌絕美，而傲睨不可一世。凡貴介至而求婚者，公主無一當意[1]，且多狎侮之。

一日，王大張宴邀諸嬌客，論爵列坐。王居首，親王次之，公侯又次之。公主至，一一相見，均有諷刺之辭。其第一客太肥，公主識[2]之曰：「圓似盤。」

次太長，曰：「五月竿[3]。」

次太短，曰：「似粉團。」

次太白，曰：「似粉壁。」

1當意：滿意、合意。　2識（ㄓˋ）：通「志」，下評語。

3原譯注：「英人每逢五月朔日，植一長竿，以牛挽之，四周歌舞嬉戲，以慶佳節。」其實不只英國，歐洲很多地方都以五月一日為五月節，立五月柱（Maypole）慶祝夏日來臨。

又次太赤，曰：「雞冠花。」

其六偃僂，則曰：「此焙人所用之碧枝，以拂鑪竈者也。」

一一譃嘲畢，卒見一客，則益大笑曰：「諸公盍視之。彼髯如敗箒，宜名為醜髯大王。」客遂有醜髯大王之稱。

國王見女傲慢如此，開罪諸客，則大怒，誓以其女妻第一臨門之丐者，不問其願與否，決意行之。

二日後，忽有一行伶至，引嘯窗前。王聞之，即曰：「導之入。」

少須，從人導一襤褸卑污之乞丐入，立王及公主之前，歌一曲，乞錢。

王曰：「若歌技絕佳，吾以公主賜爾為妻。」

公主聞之，哀告不願。

王曰：「吾既誓以汝嫁第一臨門之丐者，自當踐言。」

公主痛哭流涕爭之，不得。王即日招牧師至，命公主與伶人結婚。既成禮，王曰：「可拼擋[4]行具[5]，爾不能更居此矣。盍隨夫壻遠征。」

丐者離宮，遂挈公主去。過一廣林，公主曰：「此誰氏之林？而蔥鬱若是。」

其夫曰：「醜髯大王者也。使爾嫁之，則爾有之

4拼擋：即摒擋，收拾。　5行具：旅行所需的東西。

丐者離宮，遂挈公主去。（亞瑟・拉克姆 繪製）

矣。」

公主歎曰：「嗟乎！予生不辰[6]，不嫁醜髯大王。」繼過一美皐[7]。公主曰：「美哉！沃畦千里，一綠無垠。此誰氏之皐也？」曰：「醜髯大王者也。使爾嫁之，則爾有之矣。」公主歎曰：「予生不辰，不嫁醜髯大王。」未幾，又過一大城。曰：「巍巍乎誰氏之城也？」曰：「醜髯大王者也。使爾早嫁之，則亦爾有之矣。」

6予生不辰：我生的不是時候，命運多舛。　7皐（ㄍㄠ）：水邊的低地。

公主歎曰：「噫！命之蹇矣！吾胡不嫁醜髯大王。」

伶曰：「此胡與我事[8]。汝欲適[9]我，我初未嘗強汝也。」

卒乃抵一小舍。公主曰：「陋哉！褊[10]小垢污，此誰氏之穴？」

伶曰：「此則吾與若之家也。今當居此。」

公主曰：「僮僕焉在？」

對曰：「胡需僮僕！有事則若親為之。速舉火，為我烹茗。吾憊甚矣！」

公主不解炊爨事，丐者不得不起助之。稍進薄餐，相將歸寢。天黎明，丐者即促公主起，治室事。居二日，舍

8胡與我事：不關我的事。 9適：女子嫁人。 10褊（ㄅㄧㄢˇ）：狹窄。

中食已罄。丐者曰：「賢妻日費而無獲，不可久也。子宜習織筐。」

乃出而伐柳，負之歸。公主稍習織筐，十指痛如裂。丐者曰：「無濟於事！若不如學紡。」

公主從之，紡線割公主指，血泉湧。伶曰：「噫！若乃一無所長，不能任事。吾娶妻若是，奈何。今惟有負販為業耳。」

乃出販瓷器瓦缶之屬，命公主曰：「若負之往，立於市而售之。」

公主歎曰：「嗟乎！使我負此而求鬻於市。朝士[11]過

11 朝士：朝廷中的大臣。

而見之，寧不為姍笑乎？」丐者不顧，曰：「使爾不欲饑餓而死者，則當勉為之。」

公主無可如何，乃往。其始業甚昌。人見此絕色之姝，咸爭沽其器，有金狂揮，不復論貸矣。既立業，夫婦安居。

一日，其夫置新器甚夥，命婦坐市隅鬻之。一醉兵突至，騎馬衝其瓷棚。棚倒，器搗毀無餘。公主泣，手足無措曰：「噫！吾何以為人矣。不知良人將作何語？」奔歸，訴之夫。夫曰：「不料爾愚騃[12]至此，設棚於鬧市之中，而當其衝，不毀奚待。今毋泣。吾見爾與此不相宜，曾赴宮問需竈婢否，則正缺其一。吾薦爾矣，爾往

12 騃（ㄞˊ）：痴傻。

可恣食也。」

自是公主遂為竈婢，佐膳人執污賤之役。殘殺剩胾，許其攜歸，夫婦乃恃此為生。入宮未久，一日，聞長兄將成婚。赴窗下覘之，則金碧輝煌，儀仗煊赫，富麗殆不可名狀。自顧命薄，心痛若割，乃大悔。悔極而泣，俯首不能仰。前日驕盈之習，消滅盡矣。

一僕見而憐之，餽以美胾少許，公主寘筐中而歸。出門，突遇一王子身披縷金之服，光華射目。見公主，即趨前執其手，求為舞伴。公主惶悚[13]，幾無以自容，蓋其人即醜髯大王也。醜髯大王似有意侮弄公主，堅挽之入。筐

13 惶悚（ㄏㄨㄤˊ ㄙㄨㄥˇ）：驚恐不安。

墮，肉皆覆，狼籍地上。見者咸狂笑，繼以惡謔。公主大慚，恨不能入地千尺之下，以藏其身。

方欲奪門走，及階。醜髯大王復追獲之，引還，笑謂之曰：「毋懼！予非他，即舍中同居之伶也。以愛子故，遂娶子歸。亦即道上覆棚之兵也。凡此所為，皆所以療子之驕，而報曩日之無禮。茲事往矣，子智日以增，而過日以減。今宜大張合歡之筵矣。」

於是侍婢進豔服，為公主更裝。父引朝臣至，共賀新婚。少須，嘉賓蒞座，綺席紛陳。滿朝惟聞歡笑之聲，人人大樂。願作者與讀者並與於斯會也。

雪霙

在所有格林童話中，〈白雪公主〉大概是最有名的一篇了。加上迪士尼動畫的傳播，很難想像有人不知道白雪公主是誰。這篇〈雪霙〉出現在一九〇九年《東方雜誌》第十期，譯自格林童話編號53的Schneewitchen。

這篇〈雪霙〉比一般改寫本更忠於原作，王后加害公主凡三次，不是一次就得手。一開始對公主的形容有一句「腮赤如血」，有點難解，其實是受到英譯本的影響：泰勒版本作「her cheeks as rosy as the blood」。後來的英譯本都寫脣紅似血，比較合理。但愛爾蘭傳說中的〈十二隻野雁〉，王后許願女兒「膚白如雪，臉頰紅如血，髮黑如烏鴉」，與泰勒譯本的白雪公主如出一轍，因此也可能是傳說中的慣用說法。

此篇〈雪霙〉中，王后與明鏡對答多次，非常有趣：一開始公主尚小，不是王后對手。后吟曰：「數去名閨秀，阿誰貌最妍？明鏡儻相告。」鏡答曰：「后魁百花先。」但公主長到七歲時，明鏡就改口了：「縱說夫人容絕代，雪霙風貌更如仙。」後來公主未死的消息，也是明鏡洩露的：「山中高士宅，林下美人眠。為報雪霙在，翩翩世外仙。」最後一次，白雪公主死而復生，即將結婚。王后又問：「數去名閨秀，阿誰貌最妍，明鏡倘相告。」鏡答曰：「此間后獨專。國色別有在，且看蕊宮仙。」（本國算妳最美啦，但鄰國還有更美如仙子的呢！）

這個版本的結尾沒有惡王后穿鐵鞋跳舞致死的殘忍段落，只說她「駭且怒，一時手足戰栗，憤極而倒」，也是因為泰勒的英譯本是這樣寫的，並不是中譯者改的。

　　仲冬之月，雪花紛飛。王后方臨檻而刺繡。檻以黑檀木為之，堅緻而有光。王后徘徊檻畔，且刺且觀飛雪。偶一不慎，針傷指，出血三滴，濺雪中。后覩此，忽動一念曰：「他日吾女長成，苟能白似雪，赤似血，而黑似檻上檀者，則其美為何如。」已而女長成，果如其意，膚白如雪，腮赤如血，而髮黑乃如檀，因名之曰「雪霙[1]」。

　　后殂，王續娶一后，美而驕，不欲世有一人而美貌更出其上者。身畔恆置一鏡，日臨照之，吟曰：「數去名閨秀，阿誰貌最妍？明鏡儻[2]相告。」吟至此，鏡忽答曰：「后魁百花先。」后乃大喜。

1霙（一ㄥ）：雪花。　2儻（ㄊㄤˇ）：倘，如果。

「數去名閨秀，阿誰貌最妍？明鏡儻相告。」（法蘭茲．朱特納 繪製）

已而雪霙漸長成，貌美甚，七歲，風儀奪目，且過於后。一日后復臨鏡而吟，鏡答曰：「縱說夫人容絕代，雪霙風貌更如仙。」

后聞之，大怒，妒恨見於顏色。立呼近侍命之曰：「趣棄雪霙於荒林。吾不欲再見之矣。」

侍者引雪霙出宮。雪霙哀號乞命，侍者亦殊不忍，曰：「公主，此后命也，吾詎[3]能救汝。」

侍者既棄雪霙，意此纖纖弱質，獨處荒郊，獸至則必無幸矣，特又無可如何，生死亦祇聽之。

斯時雪霙徬徨野次，焦悚萬狀。猛獸四出，時聞吼

3 詎（ㄐㄩˋ）：豈、如何。

聲，顧無一害之者。薄暮，抵一小舍，足力已不支，因入而少憩。則見舍中陳設殊雅潔，案上覆以白布，列七小盤，盤有麰黎。旁更置七小壺，壺貯美酒。刀叉井井，秩然不亂。倚壁並列小榻七，中虛無人。時雪霙餓甚，取盤中麰黎食之，並傾酒而飲。既飽思眠，試諸小榻，或太長，或太短，惟第七之榻為宜，乃臥。少頃即酣。

既而主人至，則七侏儒，山居掘金為業者。燃燈四照，見室中景象殊異。其一唶[4]曰：「誰坐吾椅？」

其二曰：「誰食吾盤飧？」

三曰：「誰啖吾麰黎？」

四曰：「誰動吾匙？」

4 唶（ㄗㄜˋ）：大呼。

五曰：「誰執吾叉？」

六曰：「誰握吾刀？」

七曰：「誰飲吾酒？」於是群起察視。一人瞥覩雪霙臥床上，驚駭狂呼。諸兄弟咸集，秉燈審視雪霙，曰：「天乎！天乃生此美人！」

七人相視大悅，互戒勿驚其睡。第七侏儒遂與他兄弟共宿，聊度一宵。及晨，雪霙寤，遂告之故。七人意頗憐之，因言爾能治家井井，代烹飪，任浣濯等事，則仍可同居，且當極力顧恤爾。

語畢，七人出。竟日入山就役，搜採金銀，雪霙則居其室焉。七人又時誡之曰：「后日久必將知爾所在。爾宜慎之，毋使他人入室也。」

時后方以為雪霙已死，國中惟己為絕色之姝，因復臨鏡而吟曰：「數去名閨秀，阿誰貌最妍，明鏡儻相告。」

鏡答曰：「后魁百花先。山中高士宅，林下美人眠。為報雪霙在，翩翩世外仙。」

后大驚，久乃知鏡不虛言，雪霙果在。意恨甚，蓋實不願使人間艷色，更有出己上者。乃偽裝為一售賣雜貨之老嫗，逕赴山下，抵侏儒之舍，高呼求售。雪霙自窗中望之曰：「老夫人無恙。售者何物？」

嫗曰：「緣帶絨線，及一切貨物咸備也。」

雪霙自思曰：「不如招之入。觀此老嫗，殆必為一良善之人。」遂啟扃納之。

嫗曰：「若胸衣之緣太陋，吾擇佳者，為爾易之。」雪霙不知其詐，立近嫗前。嫗突握其領，緊勒之。雪霙氣絕，仆地而僵。后曰：「從此無更出吾上者矣。」遂去。

及夕，七侏儒歸，見雪霙臥地不動，若已死者。悲楚不可言狀，挽之起，則口鼻間尚微有呼吸。竭力救之，乃甦。七人曰：「嫗即后耳。他日吾儕出門，子不可更納一人。」

后歸，輒向鏡而吟。鏡答曰：「后魁百花先。山中高士宅，林下美人眠。為報雪霙在，翩翩世外仙。」

后聞雪霙仍在，怨恨不勝，心血潮湧，更易服與前不同，攜一毒梳而行。抵侏儒之舍，仍叩門而呼曰：「美貨出賣。」

雪霙曰：「吾不敢更使人入。」

后曰：「爾試觀吾手中之美梳，為何如者。」言次，授以毒梳。梳絕精雅，雪霙受之不忍釋手。試掠其鬢，則毒氣中腦，遽仆地不省人事。幸是日侏儒早歸，見雪霙臥地，亦測知其故。亟取毒梳棄之，雪霙又蘇，盡告侏儒。侏儒乃戒以下次不可啟扉。

后歸對鏡，鏡答仍如前。后憤甚，呼曰：「吾必致雪霙於死地。雖以此殺身，亦不恤也。」潛入一室，製萍果一枚，內蓄毒而外則紅豔可愛，嘗之立死。於是更服村嫗之衣，越山而踵侏儒之門。

雪霙探首窗下，言曰：「侏儒戒吾勿啟扉，故予不敢。」

老嫗曰：「惟子所欲。今吾遺汝一至佳之萍果，汝其受之。」

雪霙曰：「否，予不敢受。」

嫗曰：「癡兒，何懼之甚。若以為毒乎，則吾食其半，子食其半可耳。」

蓋此萍果固半美半毒者。老嫗手擘其半食之，了無他異。雪霙初見萍果鮮豔可愛，亦欲染指，又見嫗食之甘，遂不覺受之。顧萍果甫進口，未及下咽，而雪霙已倒地而僵矣。后既歸，復臨鏡前。鏡始答曰：「后魁百花先。」后自是妒懷消釋，快樂無涯。

薄暮，侏儒歸家，見雪霙頹臥地上，脣間氣息都無，大懼。扶之起，為之櫛髮，取酒及水醴面，俱無效。守視七日，終不甦，則以為真死矣。謀葬之，惟見其嬌紅暈頰，顏色如生。七人則又殊不忍，乃互議曰：「地下寒冱[5]，不可露骸而葬。」因為製玻璃之棺，以便日日省視。棺上以金字書名曰「雪霙公主之柩」，厝諸山上。一侏儒常坐而守之，鳥皆來弔。始為梟，鴉繼之，鳩又繼之。雪霙僵臥棺中，宛然如睡。久之，而膚之白仍如雪，

5寒冱（ㄏㄨˋ）：嚴寒、凍結。

侏儒歸家，見雪霙頹臥地上，氣息都無。（亞瑟・拉克姆 繪製）

雪霙僵臥棺中，宛然如睡。（凱・尼爾森 繪製）

腮之赤仍如血，髮之黑仍如檻上檀，風貌初不改也。

既而一貴公子走謁侏儒之廬，見雪霙及金字之名，願餽侏儒金，而求得雪霙之尸。侏儒曰：「雖舉天下之金，以易其尸，吾不忍也。」

厥後公子哀懇不已。侏儒憫其情摯，乃許之。舉棺將發，而雪霙口中所噙之萍果，忽焉墮落，遂遽然而醒。問曰：「予今何在？」

公子喜曰：「醒乎？予故無恙也。」遂具語以往事。且曰：「吾之愛卿，天下莫與易也。今願偕予返宮，共訂姻好。」雪霙許之。

結婚之日，富麗奢華，莫與倫比，且邀后赴筵。后，

一貴公子見雪霙及金字之名，求得雪霙之尸。（亞歷山大・齊科 繪製）

雪霙之仇也。是日靚粧豔服，對鏡自喜，吟約：「數去名閨秀，阿誰貌最妍，明鏡倘相告。」

鏡答曰：「此間后獨專。國色別有在，且看蕊宮[6]仙。」后聞之，大怒，既妒且奇，必欲一覯新婦顏色。至則新婦非他，即雪霙也。后固以為雪霙死久矣，不料其儼然且在。驟見之，駭且怒，一時手足戰栗，憤極而倒，且鬱鬱成病以沒。厥後公子與雪霙承襲王位，享國甚久。

6 蕊宮：仙女住的地方。

金鵝

這篇故事是格林童話編號64的Die goldene Gans，篇名有時也會用「不笑公主」。前半的設定跟許多童話很像：三兄弟中最小的弟弟最善良，雖然家人都對他不好。兩個哥哥去砍柴時都遇到老人向他們要東西吃，他們都不願意分給老人家，受傷而回；只有善良的小弟分東西給老人吃，結果老人送他一隻神奇的金鵝。到這裡為止，還是很常見的勸人為善、好心有好報的故事。

比較特別的是後半：小弟帶著金鵝投宿旅店（奇怪，為什麼不回家哩？是決心要離開傷人的原生家庭嗎？），旅店的三個女兒想偷拔金鵝羽毛，結果都被黏住了。這小弟也不以為意，抱著金鵝上路，三個少女因為跟金鵝黏在一起，只好一起走。路上又遇到牧師、牧師的祕書、工人兩位，來一個黏一個，最後七個人黏成一串。進了城門，從來都不笑的公主見狀大笑，國王因有話在先，說是誰能使公主笑就把公主嫁給他，所以這個老實善良的小弟就成了駙馬，最後還登基為王。

有的版本後面多了一段「好事多磨」，國王看這女婿笨笨的，不大情願把女兒嫁給他，出了三道難題，最後都靠森林裡的小老人出手搞定。不過泰勒的英譯本沒有這段，《時諧》版本當然也沒有。這個版本的小弟被稱為「達默靈」，是德文Dummling的音譯，意思是「呆瓜、笨蛋」。故事中最沒禮貌的二哥，不但東西不分人家吃，還出言不遜：「吾酒饌焉能饋汝？行矣，毋溷乃公！」（我的東西怎麼能給你吃？走開，別擋你老子的路！）惹得老神仙大怒。英文其實沒這麼粗魯，只是說「Whatever you get, I shall lose. So go away!」（分給你吃的就是我的損失，所以快走開！）譯者可能是要加強戲劇效果，襯托小弟的善良有禮，才把二哥寫得更壞吧？

一人有三子。長與次皆慧黠，幼者曰達默靈[1]，性誠篤，年少而憨，家中人咸狎侮之。

一日，長子荷斧將出，赴郊外伐薪。其母與以美餌[2]及酒一瓶，俾於傭作[3]時，藉以蘇困。長子出，迤邐入林，忽與一侏小[4]之老人遇。老人前請曰：「爾瓶中之醞[5]，盤中之胾，能少以饋我乎？我饑且渴，不可忍矣。」

長子笑曰：「敬謝汝，汝毋作此想。是區區酒饌，我一人且虞[6]其不給[7]。」

1達默靈：Dummling，笨蛋之意。 2餌：糕餅。
3傭作：工作、體力勞動。 4侏小：短小、矮小。
5醞（ㄩㄣˋ）：酒也。 6虞：憂慮。 7不給：不夠用。

言畢，逕去。既而長子運斤[8]伐一樹，偶一失手，刃中左股，不得不歸家治傷。此則侏小之老人造殃也。次子繼出，其母亦與之餌及瓶酒。此侏小之老人又至，求食如故。次子亦拒之，曰：「吾酒饌焉能饋汝！行矣，毋溷[9]乃公[10]！」老人怒，必欲報之。俄而次子甫一運斤，又中右股，不得已亦歸。

於是達默靈言於其父曰：「吾父，吾亦欲往伐薪。」父答曰：「爾不見爾二兄乎？今皆蹩[11]矣！爾益少不更事，不如毋往。」

8斤：斧頭。　9溷（ㄏㄨㄣˋ）：阻撓、干擾。

10乃公：與「乃翁」意思一樣，你爸爸。是一種傲慢侮辱人的說法。

11蹩（ㄅㄧㄝˊ）：跛腳。

達默靈請之甚堅。其父卒謂之曰：「爾去！爾童騃，不大創不知止也！」

其母僅與以乾䴡黎及酸啤酒一瓶。達默靈至林下，老人又至，前請曰：

「吾饑且渴，子能以酒殽餉我乎？」

達默靈曰：「吾僅有乾䴡黎及酸啤酒耳。子如愜意，吾儕可共坐食之。」

二人皆坐，達默靈出䴡黎，則已化為佳餌，視酸啤酒亦化為美醞。二人歡呼飲啖，既醉飽，老人起而言曰：

「吾觀子宅心殊仁厚，以酒饌餉我。我當錫福[12]於

12 錫福：賜福。

爾，聊為報酬。彼處有一古樹，試斲[13]之，則其根下有物，子必得之。」言已，即別去。

達默靈如言往，伐樹，樹仆，則見根下有穴。一鵝處其中，毛羽純金，光華射目。達默靈大喜，急捉之。入一小逆旅，將假宿。

逆旅主人有三女，見鵝，大異之，謂為奇禽，咸欲拔其尾上之羽。長者曰：「吾必覓一機會，拔彼一羽。」已而達默靈出室散步，長女即潛入，手甫觸鵝，頓木然癡立，寸步不能動移。次女至，亦思得羽，甫近其姊，則亦僵立。

三女又至。二姊皆呼曰：「止止，其速去！」

13 斲（ㄓㄨㄛˊ）：砍伐。

妹不達其指，私念曰：「彼二人在斯，吾何不可往？」趨就之，亦木立如姊狀。三人互相癡視，不復自主，竟夜與鵝為伴。

翌晨，達默靈起，取鵝出，則三女亦從之出，行亦與之俱行。頃之，抵野次。一牧師遇之，詫曰：「一少年行田中，而三女子乃逐其後。此種形狀，寧不自羞？」

於是趨前數步，將挽三女而止之行。詎甫傍其身，則牧師亦不自主，逐隊而行。牧師之書記自後至，見主人尾從三女子後，大異之，呼曰：「哈羅[14]！哈羅！爾何之？

14哈羅：Hollo，即現代英文的Hello。

公主見七人肩相摩、踵相擊而奔，不覺大笑。（喬伊絲・梅瑟 繪製）

胡奔之速？今日尚須舉行錫名之禮也！」

且呼且趨，執牧師之袖。手未及舉，則亦從之行。五人迤邐魚貫而進，又遇二役夫，肩荷鋤，方罷役歸。牧師見之，大號求釋。二人一傍身，亦從行如前。於是達默靈挾鵝前走，七人奮步逐其後。

久之，抵一城。城中國王方御極，有一女公主，風貌絕佳，而淵靜沈穆，對人未嘗輕笑。王乃通告天下，有能使公主一笑者，即妻之。適達默靈挾鵝至，從者亦至。公主見七人肩相摩、踵相擊而奔，不覺大笑，吃吃不休。達默靈遂得尚公主，即日成禮。後達默靈嗣王位，夫婦和樂，共偕老焉。

達默靈嗣王位，夫婦和樂，共偕老焉。（喬伊絲·梅瑟 繪製）

金髮公主

這篇故事譯自格林童話編號65的Allerleirauh，意思是各種皮（All-kinds-of-fur），有時也譯作千皮（Thousandfurs），中文譯成「千皮獸」。泰勒譯本題為Cat-Skin（貓皮），其實是英國有一個相當類似的民間故事，裡面的公主逃亡時披著貓皮做成的大衣，泰勒就用了英國版的標題。法國也有一個類似的故事，叫做〈驢皮〉。

故事描寫一個喪偶的國王想要娶自己的親生女兒，所以公主先要求爸爸給她做了三件華服及一件千獸裘，衣服做好之後就把手臉塗黑，披著千獸裘逃亡。在森林裡遇到鄰國的國王，以為她是奇醜無比的貧女，就讓她在廚房當下女。公主趁國王開宴會的時候，偷溜去洗臉換裝，穿禮服赴宴，國王大為驚豔，但舞會結束她就又披上千獸裘回去廚房，按照童話的規矩，一連溜了三次，最後終於「風動裘開」，「絕色美人乃見」，如願嫁給國王。

這個故事有亂倫的情節，所以有點兒童不宜，但其實民間傳說中父女亂倫也不是太罕見的主題。這個故事的女主角不但是絕色，還很聰明，先想辦法擋住老爸，擋不住就逃跑，還不忘帶上寶物；逃到鄰國當了下女，覺得工作太辛苦，不是辦法，於是善用自己的美貌和資產，順利讓國王愛上她，登上后位，真是不簡單的人物，比白雪公主聰明太多了。

昔有一國王娶一后，髮純金，風貌娟麗，舉世實罕其匹。后疾，至於彌留之時，請王至榻前而謂之曰：「陛下誓勿再娶。必得一人，貌美而髮金如妾者，乃可娶之。」

言已而逝。王哀悼甚至，竟從其言，自是不復謀再娶。既而羣臣相謂曰：「君王不可不重娶，吾儕焉能無后。」

遂遣使臣出訪四方，求一美好之女郎，而須與亡后同貌者。顧世上女郎，固無若斯之美。即有之，而髮亦非金，使臣遂無以報命。

踰數年，王有一女漸長成。美與后同，且亦金髮。王乃語廷臣曰：「吾豈不可娶吾女乎？彼之美貌，直一亡后之小影。苟不娶之，則吾終身不得娶矣。」

廷臣聞之，大震曰：「父妻其女，天必譴之，是有百罪而無一善，必不可。」

女聞之，亦大震，惟冀其父斷絕妄想，因曰：「世必有人以三服遺女者，女始適之。其一必製以金，赤似日。其二必製以銀，白似月。其三則必五光十色，燦若列星。是三者外，更需一裘。但必用千種之獸皮，而集腋以成者。」

公主之意，蓋謂如是之難題，則父必無以應，當可斷絕其妄想矣。不料王竟大集名工巧匠，立織三服。既成，則一赤如金，一白如銀，一燦爛如列星。且命獵人盡獮[1]國中之獸，擇精美之皮千副，集腋而成一裘。摒擋既訖，使人賜之公主。

公主至此，窘迫無可為辭，遂俟夜深人靜之時，潛身起，取金指環一、金項環一、金胸鍼一，裹以日月星三服，而身披千獸之裘。以煤塗面，令人不復能相識，然後躍窗而出，竟夜奔波。

抵一森林，公主罷[2]苶[3]殊甚，遂倚樹而睡。至於日中。適有一鄰國之王，出獵過此。所攜獵狗數頭，忽止

1獮（ㄒㄧㄢˇ）：秋日打獵。左傳：「春曰蒐，夏曰苗，秋曰獮，冬曰狩。」
2罷：疲倦。
3苶（ㄋㄧㄝˊ）：疲憊的樣子。《莊子．齊物論》：「苶然疲役而不知其所歸。」

公主裹以日月星三服，而身披千獸之裘，躍窗而出。（凱・尼爾森 繪製）

樹前，繞走四齅[4]，大吠不已。王謂獵人曰：「爾曹善察之。此中殆有獸在？」

獵人至樹前探視，返語王曰：「大樹之下，一異獸臥焉。此獸實大奇。吾審其皮，似有千種之獸，集合而成者。今方酣臥未醒也。」

王曰：「爾曹能生捕之，則必有賞。」

獵人應命前摶女。女醒，大驚曰：「吾非獸，乃一貧女耳。父母俱亡，窮無所歸。惟子憐而收之。」

獵人曰：「可。爾從吾歸，吾即以爾充竈下之婢，代執烹飪諸役。」

4 齅（ㄒㄧㄡˋ）：嗅。

言已，載之於車而歸。女於是即入廚下，抱薪汲水，竟日不休，執種種污賤之役。居久之，不勝其苦。於邑[5]而言曰：「嗟乎，爾乃一佳公主，而今若此。其何以為人矣。」

一日，國王將開大宴。女謂膳女曰：「我可出而一觀否？」

膳女曰：「可。雖然，子去半小時後，即宜歸執乃役。」

女唯唯，即攜燈入室，脫其千獸之裘，取水濯面，並去其身手之煤。容光煥發，如日出雲，更啓袱取日耀之衣，披而赴宴。人見之，罔不目眩神搖，互相驚視，以為

5於邑（ㄨ丶 ㄧ）：抑鬱煩悶。

此殆一美公主也。王亦趨前執其手，與之對舞。心中私念曰：「吾從未見一女郎有如是之美豔者也。」

舞罷，女鞠躬而退。王再覓之，已不見矣。王既不知女果何往，召守門衛士問之，亦言未見。蓋女已遁歸廚下，脫衣黔面，而仍披千獸之裘，執役如故。

膳女曰：「姑置爾役。爾今宜煮一湯，以供王飲。但須當意，務使和味之合宜。不然，將無噉[6]飯地矣。」

女如言煮湯。湯既熟，乃入室取金指環，寘諸湯盌之底。俄而王傳命進湯，飲而大悅，以為此味得未曾有。湯且盡，則盌底之金指環見焉，莫名其故，遂命召膳女。膳

6 噉（ㄉㄢˋ）：吃，同啖。噉飯地：吃飯的地方。

女聞召而駭，謂女曰：「爾殆治湯不潔，或味不佳。果如是者，則王必加撻楚矣。」

膳女見王。王曰：「作湯者誰歟？」

膳女曰：「我也。」

王曰：「爾言不確。爾所作者，吾嘗之久矣，殊不及此美。」

膳女曰：「實相告，乃彼女郎所作也。」

王曰：「趣命之來。」

女既至。王問曰：「若為誰？」

女曰：「妾父母俱亡，乃一窮無所歸之貧女也。」

王曰：「何故入宮？」

女曰：「妾無寸能，聊束身為竈下婢耳。」

王曰：「何故使指環入湯？」

女力言不知有此事，王乃仍命就職。

既而又開宴。女復請於膳女，欲出觀之。

膳女曰：「爾去必早歸。王甚好爾所治之湯，爾宜預備。」

女奔室內，速盥滌畢，取月耀之衣。披而赴宴。俄而王望見女，大喜，趨而與之握手。臨舞，王仍與女俱。舞既罷，女又私遁。入廚下，易衣塗面，洗手作羹。乘膳女不在，投其金項環於湯中。迨獻湯於王，王又悅之。惟詢女投入金項環之故，女仍諉為不知，一如前日。

至第三次開宴，王又命女治湯。膳女曰：「子必妖也，常投物湯中，而博王之歡心，我遂不之及。」

女不答，乃入室更裝，披星耀之服。入殿，王即與之對舞，殷殷相向，繾綣情深。舞方酣，王私以金環戴於女指，而女竟未之覺。既罷舞，王仍堅握其手不釋。女力掙脫身，輾轉入人叢中，飄忽遁去。然而此行已稍久，踰半時矣。女一時無暇卸豔服，急以獸裘掩之，取煤塗面及手。忽促之間，竟遺一指未塗，膚白如故，踉蹌入廚下。作湯訖，出金胸鍼投盌中。王至此，亦略窺知其底蘊。立命召女至，瞥見其一指雪白，而臨舞遺贈之環，儼然尚在。亟趨前力握之，女方欲脫身走，而風動裘開，星服復炫燿而出。女至此，遂不復能韜晦矣。於是脫裘滌面，一去積污，而世間絕色之美人乃見。

王喜曰：「卿，吾所摯愛者也。今而後與卿永永不相離矣。」

即日大饗賓客，敕女為王后，而行結婚禮焉。

葛樂達魯攫食二雞

這個故事譯自格林童話編號77的Die kluge Gretel（Clever Gretel），中譯「聰明的格麗特」。泰勒選了兩個故事，總名「Hans and His Wife Gretel」（漢斯和他的太太格麗特），這是第一篇，「Showing Who Gretel Was」（格麗特是什麼樣的人），第二篇「Hans in Love」，描寫一個呆子漢斯向格麗特求親。此處僅選第一篇，《時諧》題名為〈葛樂達魯攫食二雞〉。許多格林童話都是王子、公主的故事，或魔法仙人，這個故事完全只是普通主僕，也沒有魔法，別具一格，令人捧腹。

故事敘述一個女僕，主人吩咐烤兩隻雞待客，她把雞烤好了，客人卻遲遲沒來。主人決定自己去請客人，女僕在家，先試吃一隻翅膀，再說另一隻翅膀不如也吃了，以免主人發現少了一隻翅膀。不知不覺吃掉一隻雞，又說「爾二雞固好友也。彼既行矣，爾亦宜往。則彼此仍相聯屬，而不失為良伴侶耳」（你們兩隻雞是好朋友。一隻走了，你也快走吧，還可以相互作伴），把第二隻雞也吃了。

兩隻雞都吃完了，主人偏偏帶客人回家要吃雞了。此時女僕急中生智，趁主人磨刀準備切雞肉時，悄悄跟客人說主人磨刀要割你耳朵，客人嚇跑了。女僕又跟主人說，客人把兩隻雞都搶走了。主人持刀追出去，說我只要一隻就好！客人以為主人說要割他一隻耳朵就好，跑得更快。女僕大獲全勝。

這個女僕的形象十分鮮明，很少在童話中看到這樣類型的主角：既不美，也不勤勞；好酒，好吃，藉口多，還會騙人。但讀來輕鬆愉快，是個成功的喜劇故事。

一灶婢，曰葛樂達魯。性嬌惰，不事修飾。蓬頭垢面，而輒風流自喜。嘗私念曰：「吾非一世界美人乎。」

晨起，恆啜酒二三滴，以助雅興。既醺，則往往取主人所備之殽饌，一一啖之，曰：「膳人不可不知味也。」

一日，主人謂葛樂達魯曰：「葛樂達魯，吾今夕有友人來，將共予飯。子為我具美雞二，以佐晚餐。」

葛樂達魯曰：「唯唯。」於是立宰二雞，置諸釜中。及夕，向火燔[1]之。雞漸熟，而客猶不至。

1 燔（ㄈㄢˊ）：炙烤。

葛樂達魯呼曰：「主人，客果不至者，吾取雞矣。當香美可口之時而不食，則其可惜也孰甚。」

主人曰：「吾將親往邀之。」

主人去，葛樂達魯停燔置釜，倚坐於旁。私念曰：「久立鑪火之側，令人倦且渴。不知彼輩何時來耳？吾且入窖飲少許，以蘇吾困。」

於是操瓢而入，滿引一白。自語曰：「酒，吾之良友也。飲此足以自樂。」

葛樂達魯既出，仍燔雞於火，蘸以少酪，而雞遂熟。熱香撲鼻觀[2]，不覺流涎曰：「雞實美甚，惟不知調和若何。吾試一嘗其味。」

2鼻觀：鼻孔。

葛樂達魯燔雞於火，醮以少酪。（華特・克蘭恩 繪製）

遂染指於鼎而舐之，曰：「美哉！此而不食，寧不可惜。」

奔窗下望之，主人及客猶不至。返而坐竈下，自思曰：「吾不如食其一翅，否則燔久而將焦矣。」

遂割一翅食之。其味絕佳，而餘翅亦相繼熟。念不如并割之，否則主人將謂少一翅矣。二翅既食盡，復往視其主人及客，則仍不至。葛樂達魯曰：「唉，誰知其必來者，殆相約而往酒肆矣。佳哉葛樂達魯！佳哉葛樂達魯！爾正宜及時行樂矣。請再浮一大白，而盡此一雞。天下豈有如是之美品，而置之不食。吾寧非傎[3]耶。」

於是更操瓢入窨而飲。飲已，遂啖盡一雞，愉快無

3傎（ㄉㄧㄢ）：顛，瘋子。

量。是時主人及客仍未至，葛樂達魯又移雙目以睇第二之雞。曰：「爾二雞固好友也。彼既行矣，爾亦宜往。則彼此仍相聯屬，而不失為良伴侶耳。」

語時，再引一大白，而復啖第二之雞，須臾而盡。葛樂達魯食畢，而主人已歸，呼曰：「葛樂達魯，速備餐。吾友至矣。」

葛樂達魯應曰：「唯。吾正在整理盤飧。」

主人此時入室四顧，手自鋪設檯布，并取一刀磨之。正磨間，客已踵至，輕叩室門。葛樂達魯奔出，見客，則以手掩脣而語曰：「勿聲勿聲。爾宜速遁。吾家主人若捉將爾，恐於爾不利。彼蓋怨爾甚，特邀爾來，將以割爾之耳。爾豈不聞磨刀霍霍聲乎？」

客聽之，果聞刀聲，遂力竄出門而逃。葛樂達魯復疾奔返，嘶聲而告曰：「主人！主人！爾所招者，誠可稱惡客矣。」

主人曰：「如何？」

對曰：「我方在廚下取二雞，客突至，力奪之而逃，瞬息出門去。」

主人聞喪其二雞，意殊不悅曰：「此誠惡客！胡不遺其一，乃使我不得食。」於是主人手操刀，自後逐之，大呼曰：「我取其一可矣！我取其一可矣！」

意蓋欲客取一雞，而遺其一雞以為之食。顧客則謂主人果欲割其一耳，益益駭懼，放足狂奔而去。

獅王

這篇是格林童話編號88的Das singende springende Löweneckerchen（The Singing, Soaring Lark），中文篇名有譯作「會唱會跳的百靈鳥」，泰勒譯本篇名為「The Lady and the Lion」，直譯作「少女與獅子」。這個故事的前半跟〈美女與野獸〉非常相似：一個商人要出遠門，問三個女兒要什麼禮物，最美麗的小女兒要了玫瑰花。商人摘了獅王的玫瑰花，只好把小女兒嫁給獅王，但獅王其實是被詛咒的王子。格林童話中小女兒要的是隻雲雀，而不是玫瑰花，但泰勒英譯本譯玫瑰，所以《時諧》也跟著譯玫瑰。大約類似的歐洲民間故事也有各式版本流傳，也有人說這篇〈少女與獅子〉是法國〈美女與野獸〉和挪威〈日之東，月之西〉的綜合版。

獅王與小女兒婚後幸福，獅王還很注意太太的娘家消息，知道她大姊要結婚，讓她歸寧。等她二姊要結婚的時候，這位太太虛榮心發作，硬要丈夫陪她回娘家，證明她很幸福。獅王不能見光，太太雖然做了各種防護措施，但一定會漏光，所以獅王就變成鴿子了。太太苦追七年，到期之日老公竟又被魔女搶走，獅王得了失憶症，太太發誓奪回丈夫：「使風一日而吹，雞一日而鳴者，則予必有一日獲之。」最後當然成功讓獅王恢復記憶，快樂返家。

《時諧》這篇譯文中，獅王的花園寫得很好：「園中景物，半似隆冬，半似盛夏。其半則枝枯葉萎，雨雪繽紛。其半則紅紫芳菲，如火如錦。」令人難忘。

一商人家有三女。將出門，問三女以心好之物，蓋將於返家時，購而賜之。長者好珠，次好寶，惟少者則曰：「請父親賜玫瑰花一支。」

時方冬月，烏從得玫瑰。然少者風儀絕美，性酷愛花。父不忍拂其意，允竭力代覓之。與三女一一親吻，珍重而別。無何，父事畢將返，已為二女購得珠寶，惟遍覓玫瑰不得，奔走園囿間求之。人皆嘲曰：「雪中有玫瑰乎？」

父聞之，大憂，以夙昔最鍾愛此少女。今返家，將何以致贈。已而更抵一大城。入一園，園中景物，半似隆冬，半似盛夏。其半則枝枯葉萎，雨雪繽紛。

其半則紅紫芳菲，如火如錦。商人大喜曰：「今得之矣！」乃步至玫瑰花下，徐折一枝，歡然乘馬而去。未數武[1]，突有一惡獅躍出，吼曰：「汝為誰？乃敢竊吾之玫瑰花！吾必生啖汝肉。」

商人曰：「吾不知園為汝有。誤折一枝，今其能赦吾生乎？」

獅曰：「爾苟許我以歸家第一所見者與我，則當赦子之生，且以玫瑰花贈若女。」

商人不願，曰：「此胡可者！吾少女平日性最孝，聞吾歸，彼必奔迓。則吾先見者必彼也，烏能與汝。」

時商人同來之僕，震悚特甚，從旁解之曰：「否。吾

1武：足跡。「未數武」就是沒走幾步路。

以為主人歸家時，第一先見者，或為彼所蓄之一貓一犬耳。盍許之。」

商人不得已，乃允所請，而攜玫瑰花以歸。未幾，距家已近。則見第一來迎者，果少女也。奔至，與父親吻，歡迎歸家。見父攜玫瑰花，益大喜。其父則不勝愴惻，泣而言曰：「嗟乎！吾之愛女！此花價值殊太貴。吾已以爾許與彼獅。彼獅得爾，將肢裂而飽噉之矣。」

遂語以頃間之事，勸其毋往，但聽之可耳。女不可，曰：「父親有諾，不可不踐。兒即往適彼獅耳。彼獅有情，亦必許兒歸寧。」

翌晨，女別父而出，迤邐以往獅所。獅，魔王也。晝則變形為獅，夜則仍還人相。女既至，王出迓甚恭，則青年玉貌，儀表非常。王蓋儼然一美男子也，女遂嫁之。合歡筵開，玉人成對，喜可知矣。

王每晚始臨朝，天明即別女而去，不知所往，夜則復來。如此者非一日，習以為常。一夕，王語婦曰：「明日翁家大姨將結婚，大宴賓客。卿欲蒞視，當使一獅導卿往。」

女聞得重見老父，大悅，遂偕一獅往。家人謂其物化久矣，見之，皆狂喜。女遂歷陳其往事，筵終而歸。未幾，其二姊亦婚，招之赴宴。女乃語王曰：「妾不欲獨行。王能偕妾往乎？」

王不可，曰：「是不能。脫使[2]炬光而臨吾身，則魔且益深，將化而為鴿，翩揚於大地者七年，而後得脫。此豈非大危險耶？」

婦固請，曰：「吾必當意，勿使炬光臨子之身。可乎？」

王不得已，許之，二人攜其稚子同往。既至，婦命其夫入居一閎閣，垣墉高厚，遮護殊嚴，而不防門之尚有一罅[3]在也。是日供張甚盛，一羣人自禮拜堂出，過閣前。寶炬先導，微耀達於王之身，王忽不見。其婦入覓之，則惟見一白鴿。

2 脫使：假設，如果。 3 罅（ㄒㄧㄚˋ）：裂縫。

鴿曰：「七年之中，吾將翱翔於大地之上。時降素羽，而示子以途。子逐之，則必得及，及之則吾難可釋矣。」

遂振翮奪門而去。其婦從之，時有素羽下墜。婦既識途，日夜奔逐。皇皇大地之間，目不敢瞬，足不敢停，如是者倏已七年。婦念流光之飄速，幸患難之將終，稍稍喜慰。庸詎知太平不常至，而安樂固未易期耶。

一日正行間，失墮羽所在，舉目四矚而不見鴿，自思曰：「今而知人力之易窮也。」

乃仰首向日而呼曰：「日乎！子普照萬方，上窮高岡，下臨深谷。其亦見吾白鴿否乎？」

日曰：「否。未見之也。吾今授子一篋[4]，子臨難可發之。」

婦稱謝而行。及夕，月出。婦又呼曰：「月乎！子徹夜常明，薄高壤而穿幽林，其亦見吾白鴿否乎？」月曰：「否，吾未之見。今授子一卵，子臨難可破之。」

婦又行。時夜風泠泠，拂面而過。婦乃迎風而呼曰：「風乎！子東撓林而西撼葉，殆必見吾之白鴿也。」風答曰：「否，吾未之見。吾為子轉詢之。彼輩或曾見之也。」

4篋（ㄑㄧㄝˋ）：竹編的箱子。

月曰：「今授子一卵，子臨難可破之。」（喬伊絲・梅瑟 繪製）

俄而東風西風倏至，皆言未見。惟南風則曰：「吾曾見之。彼已入紅海矣。七年之限滿，復化而為獅，今方與一龍鬬。龍，魔姬也。意欲奪子之所天[5]。吾將授子一策。子往紅海，海之右岸，植竿數十，子數之至於十一，則折之，助獅而擊龍，則獅必勝矣。但二魔亦必復其人形。子宜速挈王以返，否則必遺後悔。」

婦往，一一皆如所言，乃拔十一之竿，助獅而擊龍。獅倏焉而王，龍倏焉而姬。婦見王，喜極，流連其間，忘即挈之返。姬乘間挽王之臂，棄婦而去。婦大憤，然勇猛不少衰。且誓曰：「使風一日而吹，雞一日而鳴者，則予

5子之所天：古代女子以夫為天，「子之所天」即妳的丈夫。

獅倏焉而王，龍倏焉而姬。（喬伊絲·梅瑟 繪製）

必有一日獲之。」

行行既久，厥後乃抵一城。姬與王先入，入即張燈設宴，將成婚焉。婦聞之，呼曰：「皇天祐我！」乃發日所賜之篋，得衣一襲，光怪陸離，如火燿日。婦服之，入宮，人人爭睇。新婦見而好之，曰：「願售乎？」婦曰：「願售。但不以金錢而以血肉。」新婦不解。婦曰：「俟吾今夕與新郎語於室，而後授子衣。」

姬許之，而私囑侍童灌王以睡藥，使之不聞不見。及夕，王寐，侍童導婦入室。婦坐於其夫之側，語之曰：「妾逐子七年，備嘗艱苦，又助子以伏孽龍。子乃忘妾耶？」

王熟寐，不聞亦不答。語之再三，熟寐如故。既而侍童至，偪[6]解縷金之衣，引之出。婦四顧無援，獨坐荒原曠野間，掩面啜泣。良久，忽憶及月所賜之卵，破之，則得一雛及十二雛。毛羽燦爛若黃金，光華射目。十二雛皆伏於母翼之下。伸翅而嬉，誠天下美觀哉。婦起而驅之，方及宮外，新婦自窗下見之，大悅。復出而問曰：「願售乎？」

對曰：「不以金銀而以血肉。今夕再使妾一晤郎於其室，則售矣。」

姬思仍以前計愚之，遂允其請。不謂是日王醒後，詢

6偪（ㄅㄧ）：逼。

侍童以夜來之事，侍童具告之，且云：「此婦人今夕當更至。」

王乃留意，傾睡藥弗飲。俄而婦至，更向王歷敘舊情。王聞之，忽悟其為髮妻。遽一躍而起曰：「噫！吾聞子言，如夢忽醒。姬以術魘我，我幾忘子矣！今得卿來，幸甚！」

於是相將出宮，中夜而遁。既歸，則稚子已長成，神逸飄俊，如其父母。夫婦偕老，享盡人間之幸福焉。

鵝女

本篇為格林童話編號89的Die Gänsemagd（The Goose-girl），通常譯為「牧鵝姑娘」，是一個真假公主的故事。真公主在遠嫁途中被陪嫁的侍女威脅，互換身分，本來要當新娘的真公主只好去牧鵝。最後騙局被揭露，假公主死了，真公主如願嫁給王子。故事頗長，所以我把故事分為三段：第一段敘述遣嫁途中主僕身分互換；第二段敘述到了目的地，王子娶了假公主，真公主被貶為牧鵝女。牧鵝小童想拔公主的秀髮，公主召喚風來吹走小童帽子，小童告訴國王。第三段是國王跟蹤他們，親眼目睹公主召喚山風，於是要公主說出原委，最後處死假公主，王子娶真公主。

但這個故事有幾個令人不解的地方：公主的母親給她的寶物為何完全沒

用？有魔力的頭髮和馬頭都只會說：「若使慈母知，傷心復何如？」只會叫她一味隱忍，鄉愿而無用。後來還是靠她的天生美貌、和馬頭的對答，以及使喚山風的能力，才讓國王起疑。泰勒的版本是真公主直接告訴國王（她的公公）真相，但也有些版本是公主不敢說，怕被假公主殺了，所以國王要她跟爐子說。她跟爐子說的時候，國王在旁邊聽到了，才知道真相。其實公主的證據薄弱（只有死掉的馬頭可以幫她作證），只是假公主太過惡毒，又奪人夫，又殺馬，最後提出的治罪方法也十分恐怖：把犯人裝在都是釘子的桶內，由兩匹馬拉去遊街，把犯人活活釘死，最後的結局算是惡有惡報，所以也沒有人質疑國王的判決。

格林童話有不少可怕的情節都被英譯者泰勒刪去，如白雪公主的繼母跳舞至死就被刪掉了，但〈鵝女〉卻完整保留假公主可怕的死法。

一

一王后年事已高。國王薨後，僅遺一公主，風貌絕佳。既長，占鳳[1]於遠方一王子。比[2]及婚期，公主摒擋行具，將適其國。

后愛女甚，賜奩[3]無算，凡金銀寶玩及一切服御之品，罔不具備。此外又賜以美婢一名，命侍公主往。二人各乘一馬，公主之馬曰芾祿達[4]，殊神駿，且能作人語。臨別，后又持小刀割髮一握，貽其女曰：「吾女謹藏之，

1占鳳：擇婿、定親。 2比：靠近、接近。

3奩（ㄌㄧㄢˊ）：陪嫁衣物、嫁妝。 4芾祿達：Falada。

道中可以厭[5]魔。」

母女乃悽然道別。公主藏髮於懷，上馬而行。一日，二人跨馬抵一溪畔，公主渴甚，語婢曰：「子盍下馬，取金爵汲水於溪，以供吾飲。」

婢曰：「否。子渴則子自下馬，伏於水濱而飲之。吾安能為汝汲者？」

蓋此婢非他，實一魔也。公主聞之，噤口不敢答，遂下馬跽[6]於溪旁而飲之。心中悲怨殊甚，莫可如何，乃低聲泣曰：「嗟乎！吾傷何如矣！」

懷中髮忽答之曰：「若使慈母知，傷心復何如？」

5厭（一Ｙ）：壓的異體字，鎮壓、抑制。　6跽（ㄐㄧˋ）：長跪。

公主為人溫雅而巽懦[7]，故一語不及婢之無禮，仍上馬行。二人並馳道上，天方炎暑。無何[8]，公主復渴甚。至一河，公主已忘其婢之出言不遜，仍謂之曰：「請下馬汲水於金爵，以供我飲。」

婢答語益驕縱，直謂之曰：「子欲飲則自飲耳，吾不復為汝婢矣。」

公主下馬伏地，注目於奔湍之中，哭而言曰：「嗟乎！吾傷何如矣！」

髮又答曰：「若使慈母知，傷心復何如？」

公主方俯飲，而懷中之髮忽下墮，逐流而去。公主悽

7巽（ㄒㄩㄣˋ）懦：謙順軟弱。　8無何：不久。

婢乘苐祿達，而公主乘婢之馬，加鞭更進。（喬伊絲．梅瑟　繪製）

惻未定，故未之見。婢見之，大悅，蓋髮者鎮魔之寶。是寶既亡，而公主在其掌握中矣。故公主飲訖，將上苐祿達，婢即曰：「吾欲乘苐祿達。若乘吾馬可矣。」

公主不敢不讓馬。未幾，又脫公主之袍，而以己所衣敗褐[9]易之。計途既近，婢又威脅公主曰：「今吾為公主，若為婢。抵彼國後，苟以其事告人者，則必殺汝。」

公主不敢不諾。斯時旁無他人，此情此景，惟苐祿達實盡見之。於是婢乘苐祿達，而公主乘婢之馬，加鞭更進。

9 敗褐：破舊的粗布衣服。

二

瞬息而抵王宮。滿朝臣民，見之皆大悅。王子飛奔出迎，擁婢下馬，以為此乃其真婦也。相將登樓，居之繡閣，而真公主則留居於庭外。此時王適臨窗而望，見公主神致秀麗，絕不類侍婢，乃入問新婦：「此同來之人為誰？而令獨立於空庭之中？」

新婦曰：「彼侍婢耳。吾挈之來，道中恃以為伴。今無需彼，盍督之操作，毋令疏懈。」

王沈吟有間[10]，不得位置之策。既而曰：「可令往佐

10有間：一會兒。

一廝養卒[11]，為我飼鵝。」

公主遂與廝養卒曰郭虆鏗[12]者，共執飼鵝之役。踰數日，偽新婦忽謂王子曰：「夫子，賤妾有一事，幸乞見允。」

王子曰：「試言之，吾必允汝。」

新婦曰：「命屠夫割吾馬之頭。此馬太狂暴，吾在道中，幾受其害。」

實則新婦恐苐祿達作人語，以其偽冒公主事告人耳。新婦之言一出，而忠義之苐祿達遂見殺。真公主聞之，為之淚下，愬屠夫懸其首於城門，俾得朝夕出入，一憑弔

11 廝養卒：小廝。　12 郭虆鏗：Curdken，後來有些英譯本譯為 Conrad。

之。屠夫果從公主之請，割其首而懸之城門。

翌日侵晨[13]，公主偕郭橐鏗出。仰視馬首，嗚咽而呼曰：「好馬爾頭懸。」

頭忽答曰：「新婦爾流離。若使慈母知，傷心復何如？」

二人驅鵝出城，至於野次。公主坐於溪岸之側，披髮梳掠[14]，髮爛白若銀，掩映朝暾，光耀耀射人目。郭橐鏗見之，大喜奔至，欲拔數莖。公主大呼曰：「微風吹，微風吹，風吹童帽落。童兒遙相隨，吹重千山幷萬壑，銀髮上頭君始歸。」

果爾山風倏至，吹落郭橐鏗之帽，越嶺而飛。郭橐鏗

13侵晨：天色漸亮時。

14梳掠：梳理、梳妝。

果爾山風倏至，吹落郭槖鏗之帽，越嶺而飛。（凱・尼爾森 繪製）

風至，吹童帽如故，童奔逐如故。（喬伊絲·梅瑟 繪製）

逐之，殆返，則公主梳掠已畢，髮已盤髻於頭矣。郭橐鏗大不懌[15]，懊憹[16]見於顏色。及晚，驅鵝而歸。

翌晨，二人復出。公主仍憑弔茀祿達之頭，頭答語如前。俄而驅鵝至野次，公主復坐岸旁，梳掠其髮。郭橐鏗又奔至，欲拔之。公主疾呼曰：「微風吹，微風吹，風吹童帽落。童兒遙相隨，吹重千山并萬壑，銀髮上頭君始歸。」

於是風至，吹童帽如故，童奔逐如故。比返，則公主梳掠又竟，髮依然無恙。及夕而歸。郭橐鏗赴王所，愬[17]之曰：「吾不欲與女郎牧鵝。」

15 懌（一ˋ）：喜悅、高興。

16 懊憹（ㄋㄨㄥˊ）：懊惱、心煩。

17 愬（ㄙㄨˋ）：申訴。

王曰：「何故？」

曰：「彼無所事事，則竟日以我為戲。」

王曰：「彼若何？爾試言之。」

郭稾鏗遂一一具告。王異之，命郭稾鏗明日仍偕女出牧，而己將潛躡二人後，以覘其異。

三

翌晨，二人驅鵝而出。王匿於城門之側，備聞公主及苐祿達問答之詞。既而抵郊外，公主席地坐，披髮而歌。

山風倏至，郭橐鏗帽落，追逐久之。則公主已盤髮成髻矣。凡所見聞，皆一一如郭橐鏗言。心大怪詫，潛歸宮，二人均不之見。薄暮，公主驅鵝返，王呼之入宮，溫語撫慰，詢以何故如此。女至此，不禁淚流被面曰：「妾不能直陳於陛下，亦不敢告人，否則性命且不保。」

王追問益力，公主不能隱，乃盡舉往事以語王。王聞言，矜恤備至，立命賜宮袍披之。一時錦衣繡履，公主之風儀，益光豔射目。王亦聳肩凝視，讚羨不已。即召王子至，語以所娶之偽婦，乃一侍婢，此蓋真婦也。王子一見公主之姿容，亦大歡悅，不遑作他語，立命治宴，大饗朝士。

新郎上坐，新婦坐其側。朝士驟見公主，皆不之識，但覺寶帶香襦，神光離合，天仙化人不啻也。王於是一一舉其事，語之座客。

正言時，偽新婦冉冉至。王乃佯問之曰：「今有一偽冒王后之人，將以何法懲治其罪？」

偽新婦曰：「此易易耳。試製一甕，甕中遍植以鋒利之釘。推囚入，駕以二馬，使挽之巡遊市衢，其人必死。」

王曰：「然則卿即其人也。卿作法自斃矣。誠如卿言，請君入甕。」

於是此年幼之王（即王子也）即日與真公主結婚。後夫婦登極[18]，享國甚久云。

18登極：登基為王。

十二舞姬

本篇譯自格林童話編號133，現在多譯為「十二個跳舞的公主」。內容敘述一個國王有十二個女兒，女兒每天早上鞋子都是破的，好像跳了整夜的舞似的。國王始終弄不明白為什麼乖乖睡覺的女兒會半夜去跳舞，因此懸賞：如果有人能解開這個謎，他就可以娶其中一位公主，還能繼承王位。一個老兵在森林裡遇到老婆婆（女巫？），送他一件隱形斗篷。所以他順利跟蹤公主們到了奇幻的地下城堡，揭開公主們的祕密，也順利娶了其中一位公主。

這個故事一開始節奏很快，奇事、懸賞都幾句話就講完了。但到了老兵跟蹤的時候，有許多有趣的細節，尤其是小公主跟姊姊的對話。一開始她就覺得事情不太對，「予心獨戚戚不安，一若知禍之將至者」，被姊姊罵膽小。下樓梯的時候老兵踩到她的衣服，她跟姊姊說：「胡若有人褰吾之裳！」姊姊說是釘子勾到；老兵折銀樹枝，發生很大的聲音，小公主跟姊姊說「此聲固前此所未有也」，姊姊卻說是王子們歡呼的聲音；後來老兵坐了小公主的船，讓她的情人抱怨怎麼今天特別累，但她因為姊姊不在身邊，只好說「或天暑故耳」，勉強解釋一下。最後一次是老兵偷喝她的酒，她「益駭怖，語其姊。姊笑之如前」。看來這個小公主跟老兵很有緣分啊，不過他最後以自己年紀大，選了神經有點大條的大公主。或許是因為他裝睡時，大公主說了一句：「是人亦無幸矣！抑何愚也！」（這個人也沒救了，怎麼這麼笨呢！）話中一絲絲的同情心觸動了他吧。

國王有十二女，皆絕美。共寢一室，分十二牀。每歸寢，則門必閉，且加扃焉。晨起，履皆敝，若曾作通宵舞者。顧其夜舞之地，則無人能偵知之。王告國中，有能詗[1]得此中祕密，知公主夜舞之地者，則聽擇其一為妻。王薨，則襲其位。試而罔效，詗三晝夜而不得者，則殺之。

一王子來，願詗之。王命導之入一殿，與十二公主隔垣宿。王子凝坐，將以矙公主之所往。室門洞闢[2]，有事無不聞者。顧未幾而王子即熟寐，晨寤，始知公主夜舞如

1 詗（ㄒㄩㄥˋ）：偵查。
2 洞闢：大開。聊齋誌異：「合眼時輒睹巨宅，凡四五進，門皆洞闢。」

故，履敝亦如故，悔之弗及。二三夜皆然，王遂殺之。繼至者亦有數人，一一同運，俱喪其生。

適一老兵，戰創而罷役，將返國。道經一林，遇老嫗，問其將何之。

兵曰：「吾茫茫不知所之，亦不知何為而後可。願一探公主之舞所，他日或得為王也。」

老嫗曰：「是亦不難。子今晚往，公主賜子酒，子勿飲。旋即偽為熟寐也者，俟其去而覘之。」

語至此，授以一衫，曰：「御此，則人皆不見汝。公主往，子亦尾之往，則得之矣。」

兵唯唯受策，往見國王，願任其事。王命導之入一殿，一如前客。即夕，長公主奉酒一杯至。兵暗傾之，未嘗入口，遂登牀而臥。少頃，鼾齁[3]大作，作深睡之狀。十二公主聞之，咸譁笑。

長者曰：「是人亦無幸矣！抑何愚也！」

於是諸公主皆起，各啓篋出豔服，對鏡裝束訖，腰低鬟嚲[4]，婆娑欲舞。

少者曰：「姊乎！姊輩皆樂甚，而予心獨戚戚不安，一若知禍之將至者，斯何故歟？」

3 齁（ㄏㄡ）：鼻息聲。

4 嚲（ㄉㄨㄛˇ）：下垂的樣子。紅樓夢裡形容晴雯生病的樣子：「嚲釵鬢鬆，衫垂帶褪，大有春睡捧心之態。」

長者曰：「癡婢！胡善怯[5]。汝詎忘王子數輩，且欲監察吾儕而不得。乃一老兵之是懼耶？即不予以睡藥，彼亦大睡矣。」

語次，相將出，共往視兵。兵仍酣臥，手足不少動。眾見之，心大安。長者乃還至其牀次，一鼓掌，牀忽陷於地下，而穽[6]門大闢。兵開目微睨，見諸公主自穽門魚貫入，長者前導。則大喜，謂時不可失，急一躍起，而披老嫗所贈衫從之。及扶梯之半，行太遽，足忽踏少者之裳。少者驚呼其姊曰：「噫！姊乎！事不諧矣！胡若有人褰[7]吾之裳！」

5善怯：容易害怕。
6穽（ㄐㄧㄥˇ），同阱，向下挖的坑洞。
7褰（ㄑㄧㄢ）：提起（衣服）。詩經：「子惠思我，褰裳涉溱。」

長者曰：「蠢哉婢子！此無他，牆上釘耳。」

乃俱下。梯盡，及平地，則見一大林。枝枝葉葉，燦爛作奇光。審視之，則皆銀也。兵念必折取一枝，藏之出，以作他時之左證。因擇一小枝折之，即聞樹中有洪聲出。

少公主聞之，即又驚曰：「我固知事殊不妙，姊不聞乎？此聲固前此所未有也。」

長者曰：「此乃諸公子見吾儕至，而作歡笑聲耳！」

繼又至一林，枝葉皆金。至第三林，則枝葉皆鑽石結成者。兵各折一枝，皆有洪聲自樹出。少者震慴，長者則又曰：「此諸公子歡笑之聲也。」

已而抵一湖，湖邊泊小艇十二，上各坐美公子一人，咸艤[8]舟以待。十二公主各登艇，兵則與少者同舟。

棹[9]至中流，美公子忽唶曰：「噫！異哉！今日舟大重，胡竭力棹之，而舟乃遲遲不前？吾見疲苶甚矣！」

少公主曰：「或天暑故耳。吾亦覺憊甚。」

既達對岸，則見一皇皇大城，畫角[10]之聲盈耳。舟迫岸，相將入城。公子各挾一公主而舞。兵至此，大樂，亦就而與之俱舞。少公主注酒一觴，將就飲，兵潛吸之。公主引觴入口，則觴已空。公主益駭怖，語其姊。姊笑之如

8 艤（ㄧˇ）：把船停向水邊。左思蜀都賦：「試水客，艤輕舟。」

9 棹（ㄓㄠˋ）：划船。

10 畫角：西羌樂器，金屬或皮革製，形如牛、羊角，口小尾大，聲音高亢。

美公子忽喟曰：「噫！異哉！今日舟大重。」（喬伊絲．梅瑟繪製）

公子各挾一公主而舞。(喬伊絲・梅瑟 繪製)

前，乃不語。

諸公主舞至明晨三時許，履又敝矣，始各罷舞。公子送之過湖。是時兵與長公主同舟。既登岸，各殷殷道別。公主復伸次夕之約，始返。及扶梯，兵先公主而登，就床臥，仍作鼾齁狀。十二姊妹咸憊甚，緩緩歸室。聞兵酣臥於床上，喜曰：「彼未醒也。」

乃藏豔服，解衣脫履而寢。翌晨，兵祕之不言，決欲重履奇境。二三夜皆從之往，所覩一一如前。諸公主必待履敝，而後罷舞歸。及第三夜將散時，兵竊取一金爵，懷之歸，以為親履其地之證據物。

明日，兵將面王宣其祕，乃以三樹枝一金爵往。公主匿門後聽之。

王問曰：「朕十二女果夜舞於何地？爾得之乎？」

對曰：「與十二公子舞於地下之大城。」

遂盡舉其事以告，并出三樹枝一金爵獻之。王命召公主至，問兵言碻[11]否。公主見事已洩，無可掩飾，遂盡承之。王乃命兵擇一人為婦。

兵曰：「臣年鬢已高，願得長者。」

當日遂成禮。於是即以兵為王嗣。

11碻（ㄑㄩㄝˋ）：同「確」。

兵將面王宣其祕，乃以三樹枝一金爵往。公主匿門後聽之。（喬伊絲・梅瑟 繪製）

彼得牧人

這篇是德國民間故事，並非出自格林童話。因為泰勒的書名叫做《德國流行故事》，所以書中也收錄了幾則格林兄弟未記錄的傳說。這篇故事描寫一個牧羊人，某天在山上，與一群老者玩了一會兒九柱球（類似保齡球的遊戲），下山後竟然人事已非，原來已過了二十年。這個故事後來被美國作家華盛頓．歐文改寫成〈李伯大夢〉（Rip van Winkle），把遇仙的這二十年設定在美國獨立前後，又增添主角怕老婆的情節，更顯趣味，也比原來這則「彼得牧人」更為出名。

不過，類似的故事在世界各地都有。中國的〈述異記〉也有類似的故事：據說晉朝有個樵夫叫做王質，上山砍柴時看到兩個老人在下棋，他就在旁觀看。看完棋打算回家時，發現斧頭柄都已經爛掉了，下山才發現竟已過了百年。所以那座山就叫做「爛柯山」（「柯」就是斧頭柄的意思）。日本的浦島太郎也有點類此。不過，百年實在太久了，認識的人都不在了，實在有點太寂寞；二十年比較有人情味，像彼得家的老狗雖然「齒落而毛稀」，但還認得他，「犬轉向彼得大吠，狺狺不已」，比女兒還早認出他是彼得，讓人多少覺得有點安慰。

赫士[1]叢林之間，有一高山。山上有仙，恆於中夜現形跳舞。父老相傳，謂伏祿巴勞賽大皇帝[2]猶在蠻洞臨朝。有時一現其身，踞雲石之座，赤鬚垂地。或賞其所好者，或懲其所惡者，赫赫聲靈，宛然如在。惟終年不過偶見一二次，或竟不見，殊無一定。往來行人，有誤履其禁廷之間者，往往有奇遇。今吾所述，亦即其奇遇之一。

數十年前，是山之麓，有一牧人曰彼得者居之。每日清晨，彼得驅羊出牧於山中。及夕，或以路遠不及歸，則

1 赫士：Hartz，德國中部山脈，現在譯為哈茨山。

2 伏祿巴勞賽大皇帝：Emperor Frederic Barbarossa（一一二二－一一九〇），神聖羅馬帝國皇帝，今譯腓特烈一世，或紅鬍子腓特烈（Barbarossa 即紅鬍子之意）。與英國國王獅心王理查共同領導十字軍東征，死於征途。

往往圈羊於一林翳之地。地有古垣，四周環抱，足可為欄，人與畜俱得安臥竟夕，無他慮也。

一夕，牧人驅羊入欄，顛倒[3]點視，亡去一羊。及晨數之，則是羊宛然在焉。如是者非一次，牧人心竊以為異，乃留意詷察[4]，則古牆之中有一罅，是羊及夕即穿罅出。彼得尾之，匍匐而下石崖。卒至一洞，洞中積粟甚夥，羊俯首而食，優游自得。且粟自頭上降，簌簌有聲，彷彿如飛雹。彼得大奇，仰首四顧，則洞中又黑暗甚，竟不能察粟之所自來。厥後彼得凝竚[5]以聽，似聞馬蹄雜沓，及蕭蕭嘶風之聲。再審之，始大悟，蓋有人方秣馬[6]

3顛倒：反覆查點。　4詷（ㄊㄨㄥˊ）察：仔細察看。
5凝竚（ㄓㄨˋ），即凝佇，凝神佇立。　6秣（ㄇㄛˋ）馬：餵馬。

其上，粟即自槽中下墮。然深山之中，人跡罕至，胡有潛居而秣馬於此者？

正疑訝間，突有一小奚童[7]自後至，請彼得從之行。彼得愈益奇詫，欲窮其異，姑從之。曲折而入一庭，崇墉高峻，其地似在空谷之中。頭上重岩錯突，樹枝交橫若臂，僅露一綫之天光，微可辨路。其下則芊芊細草，一片廣場。中立十二高年之武士，狀貌莊嚴，相與為九柱之戲[8]。彼得既至，眾武士各相視不語，狀類啞人，惟作勢

7 奚童：未成年的童僕。

8 九柱之戲：或稱為「九柱戲」，是一種類似保齡球的遊戲：立九隻木瓶，以木球滾過去，看能擊倒幾隻。

令彼得共戲。彼得始則側目偷睨，見眾武士修髯[9]古服，似皆有年有德之人，意頗自怯。久之，膽漸豪，竟與共戲，且趨而飲其罍中之酒。酒味濃郁，馨香四流。彼得飲之，精神為之煥發，興會益淋漓。

俄而戲畢，身忽寤，則見仍臥於圈羊之舊地。地下碧草茸茸，四周敗垣，環抱如故。試為摩抄[10]睡眼，則先時所牧之羊，竟寂焉不見。足下草似加長，頭上之樹，枝幹交橫，恍惚為前此所未見。彼得頻頻撼首[11]，疑訝不止，起而躑躅[12]，悵悵循舊徑而歸。一路覓其亡羊，終不見蹤跡。

9修髯：鬍鬚很長。　10抄（ㄙㄨㄛˊ）：同挲。摩挲：用手撫摸。

11撼首：搖頭。　12躑躅（ㄓˊ ㄓㄨˊ）：徘徊不前。

俄而抵一村，則彼得之家在焉。途中與村人遇，皆不之識。服式既異，語言亦幾不同。彼得殷勤問其羊，村人則皆支頤瞠目而不能對。彼得見之，掩口欲笑，忽自觸其頷下鬚，鬖鬖[13]然長且一尺。益益大奇，自思得毋夢乎？抑殆入迷途矣。然迴望山林，則昔時之風景，以及所居之室廬田園，歷歷如故。且往來行人，間有過而詢問者，則村人仍舉村之舊名以對。

於是彼得搖首踟躕，莫名其妙。既抵家，家中似久廢不治者，庭前臥一不相識之童子，衣懸鶉百結[14]之衣。其

13鬖鬖（ㄙㄢ　ㄙㄢ）：凌亂、長垂的樣子。

14懸鶉百結：衣服破爛的樣子。

彼得呼犬，犬轉向彼得大吠，狺狺不已。（亞瑟・拉克姆 繪製）

旁有犬，齒落而毛稀。彼得審之，似曾相識。顧彼得呼犬，犬轉向彼得大吠，狺狺[15]不已。入門，見室內景況蕭條，初無長物。彼得至此，復返身踉蹌出，狀類醉人，大呼其妻若子之名，顧無人聞而應之者。

少焉，倏有一羣婦女稚子，峰擁而至，環立此蒼髯老人之前，同聲問曰：「若何人？將覓誰者？」

彼得自思吾返吾家，而轉舉己之妻孥問人，未免離奇，因姑舉一人之名問曰：「韓斯鐵工。」

眾聞之，俱舉舌[16]瞠視而不能答。厥後有一老媼曰：

15狺狺（ㄧㄣˊ ㄧㄣˊ）：犬叫聲。
16舉舌：舌頭翹起來不能動，詞窮的樣子。

「韓斯乎？彼在七年之前，已至爾今日未至之地矣[17]。」

又問曰：「佛蘭谷紉工。」

又一老媪倚杖答曰：「天拘其靈魂矣。十年之前，彼已入不能出之室。」

彼得就視[18]此老媪，不禁聳異。蓋此媪亦彼得舊友之一，而面貌奇改，幾不可識矣。既而集問者漸散，又有一少婦臂上報嬰，排眾而前，一手則牽一三歲之幼女。三人容貌，竟酷似其細君[19]小影。

彼得斗[20]問曰：「爾何名？」

曰：「馬利。」

17今日未至之地：即天堂，意思是他已死了。 18就視：湊前去看。

19細君：妻子。 20斗然：即陡然、突然。

曰：「爾父何名？」

曰：「天佑其人！彼得是也。彼去已二十年矣。吾儕日夜索之於深山窮谷中，而不可得。彼之羊畜皆歸，而其人則永永不返。時吾方七歲也。」

彼得至此，不能復耐，大呼曰：「吾彼得也。吾非他人，彼得是也。」

且言且前抱其女臂上之孩，而親其吻。此時眾鄰人皆張口木立，不知所云。厥後驟聞一人呼曰：「噫！此人果為彼得！」

又有數人應聲曰：「然，此彼得也！此彼得也！」

於是家人歡迎，鄰人歡迎，蓋一別已悠悠二十載矣。

跋

多年前，由於在翻譯研究所教「中國翻譯史」課程，備課的時候在國家圖書館的《東方雜誌》看到〈玫瑰花萼〉。一讀下去，這可不是睡美人嗎？寫得這麼精彩，簡潔又有情致，一見傾心，於是在國圖一篇一篇找出來影印，把五十六篇全印了一份，偶爾給學生看個幾篇，學生也都嘖嘖稱奇。後來有了「翻譯偵探事務所」部落格，也就抄錄了幾篇，加上現代標點和注解，試配上公版的名家插圖，頗受網友歡迎。去年因博客來OKAPI邀約撰寫「譯界人生」專欄，我介紹了幾本自己特別喜愛的譯本，其中一篇就介紹了《時諧》。也因此開始動念，選擇一些比較出名的童話故事，加上現代的標點和一些必要的注解，來編注一本選本，應該也很有意思。

選擇的時候，當然要先選大家耳熟能詳的名篇：〈雪雯〉、〈玫瑰花萼〉、〈阿育伯德路〉、〈獅王〉這四位迪士尼公主當然必選。〈蛙〉、〈漁家夫婦〉、〈履工〉、〈伶部〉、〈金鵝〉、〈七鴉〉等也有很多兒童版本，可以算是名篇。其他幾篇可能不是每位讀者都聽過：〈金髮公主〉、〈十二舞姬〉、〈醜髯大王〉、〈鵝女〉。四篇都有公主，格林童話還真是公主如林。不過還有兩篇是平民的：〈葛樂達魯攫食二雞〉極為好笑，〈彼得牧人〉則是德國版的〈李伯大夢〉，兩篇都是我很喜歡的故事。可惜《時諧》沒有選〈小紅帽〉和〈長髮公主〉，但譯者是根據泰勒的英譯本轉譯的，也只能怪英譯者泰勒當年沒有選譯這兩篇了。

選擇〈金髮公主〉還有個很特別的理由：那是我聽過的第一篇格林童話，是我小學一年級的級任老師說的故事。當時不知格林是什麼，但那件「一千種野獸皮做的衣服」，還有「像太陽一樣、像月亮一樣、像星星一樣的三件禮服」卻在心裡留下了極深刻的印象。這次編注文言格林童話選，特地選了這篇聰明公主的故事，感謝親愛的歐陽季萍老師。

插畫部分，則要特別感謝舊香居吳雅慧小姐（卡密）的協助。舊香居從二〇一五年至今，已經舉辦過三次「童話的藝術：二十世紀初英文插圖繪本展」，展出許多令人驚豔讚嘆的插圖，也讓更多人認識這些插畫大師。此次卡密協助我們蒐集了不少百年插畫，搭配百年譯本，可謂相得益彰。

當古典遇到經典：文言格林童話選

2018年11月初版　　定價：新臺幣390元

著　　者	格林兄弟
編注者	賴慈芸
譯　　者	上海商務印書館
叢書編輯	張彤華
封面設計	謝佳穎
內文排版	江宜蔚
編輯主任	陳逸華

出版者	聯經出版事業股份有限公司
地　　址	新北市汐止區大同路一段369號1樓
編輯部地址	新北市汐止區大同路一段369號1樓
叢書編輯電話	(02)86925588轉5306
台北聯經書房	台北市新生南路三段94號
電　　話	(02)23620308
台中分公司	台中市北區崇德路一段198號
暨門市電話	(04)22312023
台中電子信箱	e-mail：linking2@ms42.hinet.net
郵政劃撥	帳戶第0100559-3號
郵撥電話	(02)23620308
印刷者	文聯彩色製版印刷有限公司
總經銷	聯合發行股份有限公司
發行所	新北市新店區寶橋路235巷6弄6號2樓
電　　話	(02)29178022

總編輯	胡金倫
總經理	陳芝宇
社　　長	羅國俊
發行人	林載爵

行政院新聞局出版事業登記證局版臺業字第0130號

本書如有缺頁，破損，倒裝請寄回台北聯經書房更換。　　ISBN　978-957-08-5205-9 (平裝)
聯經網址：www.linkingbooks.com.tw
電子信箱：linking@udngroup.com

國家圖書館出版品預行編目資料

當古典遇到經典：文言格林童話選/格林兄弟著．賴慈芸編注．上海商務印書館譯．初版．新北市．聯經．2018年11月（民107年）．224面．14.8×21公分

ISBN　978-957-08-5205-9（平裝）

875.59　　107018242